国を守護している聖女ですが、妹が何より大事です

～妹を泣かせる奴は拳で分からせます～

八緒あいら —— 著
ミュシャ —— イラスト
SO品 —— キャラクター原案

TOブックス

contents

イラスト◆ミュシャ　デザイン◆世古口敦志＋前川絵莉子（coil）

第一章　妹の婚約者を分からせる

一　泣く妹と怒る姉

「クリスタ！　クリスタはおらんか！」

オルグルント王国・魔法研究所内にて、男の声が響き渡る。彼はこの部門を任されている長で、明日の学会に備えて論文を取りまとめていた。そのうち一つに不備があったのだ。

書いた人物の名はクリスタ・エレオノーラ。

「おい！　寝ているのか⁉」

彼女専用の研究室は既に空っぽだった。となると仮眠室かと思い、扉を叩いて回るがそれらしき人物はいない。

クリスタは有り体に言って天才だった。最年少でここ王立魔法研究所に所属することを認められ、常識を打ち破る数々の理論を提唱した。彼女がいなければ、オルグルント王国の魔法技術はここまで進歩しなかっただろう。

だが優秀すぎるが故に敵が多いのも事実だった。今回の論文は、研究者の立場としてはとても興味深いが、相手によっては少々過激な反応を引き出してしまうような内容だった。このままの形で発表すれば色々な団体から反感を買うことは必至だ。

天才過ぎるが故に、誰かが手綱を持っていなければならない――クリスタはそういう人物だ。

クリスタは魔法研究員ともう一つ、別の顔を持っている。そちらにもお目付役がいるらしいが、魔法研究所においては彼がその役を担っていた。

幸いにも、クリスタの性格はそこまで偏屈ではない。訂正には応じてくれるはずだ。明日までに別の論文を――普通の研究者では難しいかもしれないが、彼女ならば難なくやってのけるだろう。

「ええい……どこに行ったんだ」

どこを捜してもクリスタの姿は見つからない。

女性にしてはやや高い上背と、瓶底のように厚い眼鏡。見落としようのない特徴的な格好をしているのに、今日に限ってはどこにもいない。

「おいお前たち、クリスタを見なかったか⁉」

「さっき出て行きましたよ」

「何処に？」

「実家に。こないだ婚約した妹が戻ってくるそうなんで」

「なん……だと」

――非の打ち所のないクリスタだったが、一つだけ欠点というか弱点があった。

妹のことになると全てに対し盲目になってしまう、という弱点が。

クリスタは、有り体に言って超のつくシスコンだった。

▼　▼　▼

「もうすぐ着くわね」

馬車から見える窓を眺めながら、彼女は呟いた。

教会の司祭が着るような礼服の上に白衣という奇妙な出で立ちをしている。着飾ることを置き忘れたようにくすんだ金髪を前も後ろも乱雑にまとめ、どこか野暮ったい印象を受けた。

その最大の要因は、丸い瓶底のような眼鏡のせいだろう。

彼女こそ、クリスタ・エレオノーラだ。

「久しぶりにルビィに会えるわ」

クリスタの頭の中の大半は魔法で占められている。ときに寝食も忘れてしまうほどだが、それでも妹のことは片時も忘れたことはない。

ルビィ・エレオノーラ。それがクリスタの妹の名だ。

天使を顕現《けんげん》させたような愛らしい笑顔を振りまき、父はもちろんメイドから執事まで、ルビィの笑顔に魅了されない人間は存在しない。

当然のように可愛がられ、溺愛されて育てられた。

普通であれば度を越えて甘やかすと我が儘《まま》に育つところだが、ルビィにそんな死角は存在しない。

品行方正で誰にでも優しく、領民からも人気があった。

そしてクリスタが個人的にポイントなのが、ルビィがお姉ちゃん子ということだ。「姉様、姉様」とクリスタの後を追いかける姿が可愛くて、当然のようにクリスタは彼女を溺愛していた。

どこに出しても恥ずかしくない自慢の妹――そう自信を持って言える。

そんなルビィも年頃になり、つい先日、婚約を結んだ。

相手はクリスタの父が領主を務めるエレオノーラ領のすぐ隣、若くしてセオドーラ領を治めるウィルマ・セオドーラだ。婚約は既に済んでおり、もう三ヶ月ほどルビィの顔を見られていない。

――そんな愛する妹が、実家に戻ってくるという報せを聞いたクリスタは急いで仕事をまとめて帰ってきた。

今日は、嫁入り前のルビィと会える最後の日だ。

「寂しいけれど……あの子の幸せを考えるならこれでいいのよね」

本音を言うと結婚などせず、ずっと家に居てほしい。

しかしそれはクリスタの我が儘でしかない。

「成長した妹を見送るのも姉の務め……うぅ……」

少しだけしんみりしながら、クリスタを乗せた馬車は実家であるエレオノーラ領の門をくぐった。

「お帰りなさいませ、クリスタ様」

「ただいま、メイザ」

すぐにメイドが出迎えてくれる。

彼女の名前はメイザ。ルビィの専属メイド兼、護衛役だ。

「みんな元気にしていた？　ルビィは？」

クリスタが定型句のつもりで尋ねた言葉に、メイザは珍しく口ごもった。

無表情クールメイドとして密かに人気を集める彼女の表情に、僅かな戸惑いが交ざる。

「……それが」

「？」

「詳しい話は中で致しましょう」

そして告げられたのは……ルビィが婚約破棄された、という話だった。

▼
▼
▼

「う……うぅ……」

笑顔で彩られるはずのルビィの表情は涙に濡れていた。

彼女の婚約者であるウィルマは、ルビィが庭師と不貞行為に及んだとして、婚約破棄とともにエレオノーラ領の管理下にある山の所有権まで要求してきた。

もちろん不貞の事実などない。ただ、その庭師が育てる花が綺麗だったから時折話をしていた程度だ。

「ウィルマ伯爵は、最初からこれを狙っていたようです」

「……」

領地が欲しかった。

ただそれだけのために、ルビィと婚約し、そして破棄してみせた。

ルビィはウィルマに利用されたのだ。

「お父様はなんと仰っているの？」

「抗議のための材料を血眼になって捜しておられましたが、なにぶん向こうの領内で起きた出来事なので……泣き寝入りするしかない、と」

「……そう」

分かったことといえばウィルマはかなりの好色家で、屋敷のメイド複数人と関係を持っている……ということだけ。

——ぷつりと、何かがクリスタの中で切れる音がした。

「許せない」

クリスタの胸中には、溶岩のような怒りがとめどなく溢れていた。それを表に一切出さず、努めて優しい声を出した。

「ルビィ。疲れているでしょうし、今日はもう休みなさい」

クリスタはルビィの頭を撫で、額にキスをした。途端にルビィの目がとろんとして、そのままベッドに倒れ込む。

「おねえ……さ、ま」

寝息を立て始めるルビィに布団をかけ、クリスタは扉の傍に控えていたメイザの方へと振り向いた。

「少し出るわ」

メイザはその一言で、これからクリスタが何をするのかを察したようだ。

「クリスタ様。あなた様が行かずとも、その様なゴミはわたくしが」

普段は感情らしい感情を見せないメイザが、ここまで明確に殺気を露わにするのは珍しい。自分に向けられたものではなくとも、下手な者ならば腰を抜かしてしまうだろう。

それをさらりと受け流し、クリスタは彼女に掌を見せた。

「いいえ。これは私にしかできないことよ」

「……と、仰いますと」

「さっき言っていたわよね。泣き寝入りするしかないって」

「ええ。ですから復讐に向かわれるのですよね」

「それもあるわ。けれど目的はもう一つある」

ウィルマはルビィを利用した。しかし、その証拠はない。クリスタの父が言うように泣き寝入りするしかない。

……しかしクリスタは、証拠があることを知っていた。

そこまで説明すると、メイザは珍しく表情を動かした。

「そうか……ウィルマ自身が自白すれば」

「そういうこと。証拠があればそれに越したことはないけれど、無かった場合は首根っこを押さえて吐かせる。それなら私が適任でしょ」

——とは言うものの、それはクリスタが出向く理由の半分に留まっている。

残り半分は、純然たるウィルマへの怒りだ。

「……差し出がましい発言をお許しください。どうかお気を付けて」

メイザに見送られ、クリスタは屋敷を出た。

▼▼▼

セオドーラ領へは山をぐるりと迂回する道が最も安全だ。しかし、その道はいくつかの領を跨《また》がなければならず、手間と時間がかかる。

地図上では隣接しているにもかかわらず両家の交流がほとんどない最大の要因は地理上の問題だった。

オルグルント王国内に魔物はほぼいないとはいえ、人里を離れた場所に行けば出会う確率はゼロではない。

それに、危険をもたらすものは魔物だけではない。野生の獣なども生身の人間にとっては十分な脅威となる。

しかしクリスタは山を真っ直ぐに突き進む道を選んだ。

その方が早く辿り着けるからだ。

だが運の悪いことに、入るなり狼に遭遇してしまう。

「急いでいる時に限って……間が悪いわね」

飢えた狼だ。汚れた牙の隙間からヨダレを滴らせ、その瞳はクリスタを見据えている。

喉を唸らせた狼は、何の合図もなしにクリスタへと襲いかかった。

戦う力を持たないただの研究者であれば逃げるしか術《すべ》はないが、俊敏な狼ではそれも難しい。

クリスタはその場を動く暇すら与えられず、咄嗟に差し出した腕に食い付かれた。

狼は頬にシワを寄せ、クリスタの腕を噛み千切ろうと顎に力を込めている。

獰猛《どうもう》に鳴っていた狼の喉に戸惑いが生じたのは、それからすぐのことだった。

いくら牙を食い込ませようとしても、クリスタの腕はそのままになっている。

腕どころか、服にすらも牙は届いていない。

「あなたの相手をしている暇はないのよ」

クリスタは、この暗がりでも目を凝らさなければ分からないほど儚く淡い光の膜のようなものに包まれていた。まるで薄いヴェールのようだが、それは狼の牙すらも通さない、まぎれもない鎧だった。

クリスタは腕に噛みついたままの狼に向かって、拳を振りかぶった。

「聖女パンチ」

クリスタの細身ではあり得ない威力が込められたそれは、冗談のような速度で狼の身体を吹き飛ばし、大きな木に、ビタン！　という痛そうな音を立ててめり込ませた。

勝てない相手だと悟ったのか、狼はまるで子犬のような鳴き声をあげ、クリスタの前から一目散に逃げた。

「……眼鏡は邪魔になるわね」

クリスタは掛けていた眼鏡を外し、懐にしまう。分厚いレンズの下に見えた瞳は力強い意思が秘められていた。

「ここのとこ研究漬けで鈍《なま》っていると思っていたけれど、意外と動けるものね。防御行動は相変わらず鈍いけれど」

――クリスタは、研究者以外にもう一つの顔を持っていた。

聖女。

オルグルント王国周辺に張り巡らされた『極大結界』の管理者であり、【守り】と【癒し】の力を体現した選ばれし五人の清き乙女。その一人なのだ。

本来は戦う力を持たない聖女だが、クリスタは研究で培った魔法理論を応用することで聖女の力を別の力へと変換している。

クリスタの理論を用いたことで他の聖女も独自の才能を開花させ、活躍の幅は大きく広がった。

例えば、人々を危険から守るのではなく――自ら立ち向かい、打ち破ることだって可能だ。

ルビィはこのことを知らない。

下手に戦えることを知られて、余計な心配をかけたくないからだ。

この力を使い、ウィルマに復讐をする。

それは神を冒涜する行為であり、聖女としての自覚のない行動であり、力ある人間がすることではない。

それら一般常識を、クリスタは道の脇に蹴り転がした。

（知ったことじゃないわ。私にとっては妹が——ルビィが全てよ）

景気よく拳を打ち鳴らし、クリスタは不敵に笑う。

「覚悟しなさいウィルマ伯爵。あんたが誰を敵に回したのか、すぐに分からせてやるわ」

▼▼▼

魔法。

魔力を変換し無から有を作り出すその技術を見た瞬間、クリスタ・エレオノーラはそれの虜になった。

父にせがんで魔法の技術書を読み漁り、独自に研究を始めたのが十年前。

さらなる環境を求め魔法研究所の門を叩いたのが七年前。

魔法は調べれば調べるほど新たな謎が噴き出し、クリスタを際限なく惹きつけた。

しかし五年前。クリスタに一つの転機が訪れる。

王国を守護する聖女の一人に選ばれてしまったのだ。

魔法に夢中だったクリスタは遠慮したかったが、聖女は神託によって決定されるため辞退はできない。

聖女は王国の周辺に張り巡らされた『極大結界』を維持しなければならないという使命がある。

常に魔力の何割かをそれに充《あ》てなくてはならなくなる代わりに【癒し】と【守り】の力を与えられるが、クリスタは魔力値が高かったため、その程度では労力に到底釣り合わない。

不貞腐《ふてくさ》れるクリスタだったが、ある日、癒しの力を使用した際にふと気付く。

「これ、神の奇跡とかじゃなくて……魔法じゃない？」

クリスタは自らを実験台に、聖女の力で魔法研究を——文句を言われないよう、聖女としての職務をこなしながら——こっそりと進めた。

二年の月日を経て、その推察は見事に的中していたことを実証した。魔法に適応できる理論のほとんどは聖女の力にもそのまま使えたのだ。

その甲斐あり、聖女の力は通常の【癒し】と【守り】以外にも応用が可能となった。

王国は魔物に対し、二つの防衛体制を敷いている。

外部からの侵入に対しては聖女が、内部に湧いた分は傭兵が適宜処分することになっている。

聖女は戦う力を持たず、守ることしかできない。それがこれまでの常識だった。

しかしクリスタの理論を用いれば、聖女も戦う力を得ることができる。

聖女に、新たな可能性が芽吹いたのだ。

しかし——。

▼
▼
▼

狼をぶっ飛ばしたクリスタは、早速聖女の力を解放する。

「【疲労鈍化】」

疲労回復の力を疲労する前に使うことで、魔力が続く限り疲労を感じなくなる技だ。この効果中、クリスタは息を切らすこと無く何時間も全力疾走ができる。

「【聖鎧《せいがい》】も使っておいた方が良さそうね」

【聖鎧】は身体の周辺に極小の結界を張りつける技だ。狼の牙はもちろん、槍すらも通さないほどの防御力を得られる。

これらの技は二つとも聖女の本分である【守り】と【癒し】の力だが、生み出された結果はまるで別物。

これが魔法研究家であるクリスタが提唱する理論『魔法の拡大解釈』の効果だ。

詳しい専門用語を割愛して説明すると、魔法というものは個々人の解釈によって大きく効果を変容させる性質を持っている。その性質を利用して、魔法の原理をわざと『曲解』することで普通では起こりえない事象をムリヤリ起こす……というものだ。

聖女の力は魔法ではなく神の奇跡――と信じられているが、クリスタは聖女でありながらそれを真っ向から否定している。そしてよく怒られている。

お目付役がいなければ、今ごろ教会本部と真っ向から対立していたかもしれない。

山の頂上に到達し、クリスタは立ち止まった。何度か魔物やら獣に襲われはしたものの、その都度拳で追い払った。

眼下に広がるセオドーラ領を見やり、領主の屋敷を捜す。

豪華な三階建ての大きな屋敷で、とても広い庭がある……ということだけはルビィから聞いていた。

「あれね」

標的であるウィルマ伯爵の屋敷はすぐに分かった。

セオドーラ領はエレオノーラ領と同じく、それほど広くはない。にもかかわらず、屋敷の規模は数倍の差があった。

「随分と厳重な警備ね」

このままでも特に問題はないが、妹の一大事に結界の維持などしていられない。

「今日一日だけ、御役御免《おやくごめん》させてもらうことにしましょう」

クリスタは少しだけ進路を変更し、山を下りた。


夜が明ける前に山を抜け、目的地に到着する。

ここに来るまでずっと全力疾走を行っていたが【疲労鈍化】の効果で疲れは皆無だ。

寂れた郊外にポツンと建っている一軒家。

クリスタはそのドアを無遠慮に叩いた。

「おーい。おーーーい！」

大きめの声で呼びかけるが反応はない。時間も時間なので、寝ているのだろう。クリスタは諦めずに呼び続ける。

五分ほどそれを続けたのち、ようやく扉が開いた。

「んだよ、こんな時間に……」

出てきたのは、燃えるような赤い髪をあちこちに跳ねさせ、三白眼でこちらを睨む――本人にそのつもりはない――女だ。

その容姿に似合わない、猫の足跡を象《かたど》った刺繍の施された可愛らしい寝間着に身を包んでいる。

彼女の名はエキドナ。見た目は怖くて口調も男勝りだが、クリスタと同じれっきとした聖女だ。

エキドナはまだ焦点の定まっていない、寝惚けた目でクリスタを見て首を傾げる。

「……誰？」

「私よ私。これなら分かる？」

クリスタはすかさず眼鏡を装着した。

「あぁ、クリスタか。じゃ」

無言でドアを閉めようとするエキドナ。

クリスタは足を入れてそれを妨害した。

「ちょっと待ちなさい。友人が訪ねてきたのにどうして扉を閉めるのよ」

「防御反応だ。お前が来るとだいたいロクなことがないからな」

「心外ね。まるで私があなたに酷いことをしてきたみたいじゃない」

「してきただろ⁉　聖女の力を試す実験とか言って散々無茶させてきやがって！」

両手を震わせながら憤る、エキドナ。

クリスタは首を傾げながら虚空を見上げた。

「無茶ぶり……？　どれのことかしら」

「本気で分からないって顔するな！　ったく……」

「今回はそれほど大したことじゃないから、お願いよ」

「……聞くだけ聞いてやる」

「一日だけ、私の分まで『極大結界』の維持を頼みたいの」

聖女の仕事は多岐にわたる。

魔物を寄せ付けない防衛装置『極大結界』の維持や疫病が蔓延したときの治癒活動、大規模な戦闘時の補助・鼓舞要員……などなど。

基本的にはそれぞれの得意分野を率先してやっているが、『極大結界』の維持だけは五人共同で行っている。

クリスタ達が住まうオルグルント王国は近隣に生息する魔物の数が多く、そして強い。『極大結界』の維持は聖女の最も重要な仕事だ。

しかし、聖女も人間だ。時として普段の力を出せないこともある。そういう時は別の聖女に負担をお願いすることになっている。

「大したことじゃねーか⁉」

エキドナは目を見開き、クリスタの両肩をガクガクと揺らした。

「アタシはお前と違って魔力オバケじゃないんだぞ！」

「緊急事態なの。お願い」

重ねて頭を下げると、エキドナは喚くのを止めて真剣な声音になる。

「本当にワケアリみたいだな。一体何があった？」

「ルビィの一大事なの」

「…………うん？」

少し長めの沈黙を挟んでから、エキドナの眉がひそめられる。

クリスタはここに来た経緯をかいつまんで話す。

「――という訳なの」

「なるほどねぇ……婚約破棄で領土を増やす、か。貴族のやることはアタシには分からないけど、エゲつないことだけは分かる」

エキドナは村人から聖女になったので、貴族の小難しいやりとりはよく分からない。

それでも、ウィルマの手口の卑劣さはよく分かった。

「それは何と言うか……気の毒だったな」

「でしょう？　神をも恐れぬ鬼畜の所業よね？　許せないわよね？　全力で顔を陥没させせないと気が済まないわよね？」

「いやそうはならんだろ」

「どうして!?」

エキドナはまるで暴れ馬を落ち着かせるように「どうどう」と言いながらクリスタの両肩に手を置いた。

「ちょっと冷静になれよ。『極大結界』は王国全域に影響が及ぶだろ？」

「ええ」

「一方でその伯爵との婚約破棄はルビィだけの問題だ。お前の気持ちは痛いほど分かるけど、よーく考えてみろ。どっちを優先するかは天秤にかけるまでもないだろ？」

「そうね」

クリスタは即答した。

「分かってくれたか」

「ええ。ルビィを優先する以外にないわね」

「分かってなかったか」

エキドナは頭を抱えた。

「またマリア婆さんに怒られるぞ。聖女のなんたるかを～とか言って」

「構わないわ。というか私が聖女になったのはルビィの為だし」

オルグルント王国を守ることは、ひいてはルビィを守ることに繋がる。

ルビィの笑顔のためなら、クリスタは何だって犠牲にする。

地位も名誉も、何も要らない。

どんな罰も誹《そし》りも喜んで受ける。

それがクリスタ・エレオノーラという人間なのだ。

「ここで動かなかったら姉じゃないわ」

「……私はお前のことをとんでもないシスコンだと思ってたけど、訂正だ。この超ド級のシスコンめ」

「悪い？」

「聖女としては最低だな。けど——姉としては最高だ」

やれやれ、と肩をすくめながら、エキドナは片目を瞑った。

「貸しひとつだぞ」

「ありがと。さすが我が友」

軽く手を叩き合ってから、クリスタは『極大結界』に割いていた魔力を解放する。

「——久しぶりね、この感覚」

クリスタは聖女の力を戦う力に変換できるが、魔力の何割かは『極大結界』に割いている。

いわば常に枷を着けているような状態だった。

それを解放したいま、クリスタは十全の力を出すことができる。

「今日中にケリつけろよ」

「ええ。ありがとうね、エキドナ」

エキドナは軽く手を振ってから扉を閉めた。

▼
▼
▼

「ぐ、ぅ……」

クリスタを見送ってから、エキドナは扉にもたれかかった。そのままズルズルと床に滑り落ちる。

「さすがに……キツいな」

『極大結界』の維持は聖女達が共同で行う。しかし、維持の割合は平等ではない。諸々の事情を鑑み、各々負担のない割合を担うことになっている。

エキドナは普段、『極大結界』の二割を請け負っている。

クリスタが普段請け負っている割合は四割だ。それに加え、魔法研究所で自身を実験台にして様々な理論を試している。

当然、魔力消費量は常人とは比較にならない。

もし、エキドナがクリスタと同じことをすれば一週間と持たず倒れてしまうだろう。

それほどまでにクリスタが持つ魔力量は多い。異常と言ってもいいほどに。

長い歴史を誇るオルグルント王国でも歴代最高の魔力値を誇る聖女。

それがクリスタだ。

そんな彼女が、聖女の力を有したまま魔力を十全に使える状態に戻った。

ウィルマがこれからどうなるかは、誰もが容易に想像できるだろう。

「馬鹿な貴族もいたもんだな……」

エキドナは苦笑しつつ、何もない虚空を見上げた。

「頑張れよ、シスコン」

二　話を聞かない男

「今すぐ逃げろ？」

いつもより早く起こされると同時にそう告げられ、何のことか分からずにウィルマはポリポリと後頭部を掻いた。

お付きのメイド——最近の彼のお気に入りだ——の尻をひと撫でしつつ、声のした方に向き直る。

「なに、魔物の大群でもやって来るの？」

『それよりももっと恐ろしいもの』

「それはどういう意味だい？　ユーフェア」

ウィルマが声を放った先に相手は居らず、あるのは一枚の紙切れのみ。

距離の離れた相手との会話を可能にする『念話紙』という道具だ。

値段が高い、決まった相手としか話せない、一枚につき一回きり、三分で効果が切れる、魔力の干渉で声が届かなくなる……などなど、欠点は数えるとキリがないが、それを補って余りある便利さだ。

『鬼が来て三つの壁が壊される——そう出たの』

「鬼って？」

『それは自分で考えて』

念話紙を通じて、雑音交じりの声が返ってくる。姿の見えない相手の名は――聖女ユーフェア。

彼女は聖女の力の応用で未来を予測できるという能力を持っている。

単なる予測と侮るなかれ。これがなかなかの的中率で、一部の権力者たちは彼女の信者《ファン》だ。

去年亡くなったウィルマの父もその一人で、『危機が迫ったら知らせてくれる』という契約を彼女と結んでいた。

それがそのまま領主になったウィルマに引き継がれ――いま、その契約を履行している。

しかし、ウィルマは聖女否定派だった。

ユーフェア個人の能力はもちろん、『極大結界』も一切信じていない。

ウィルマは領主だ。オルグルント王国の建国記念祭で聖女の姿を実際に見たことがある。

そいつらはどこが聖女だと言いたくなるほど威厳も何もない集団だった。

(口うるさそうなババア、地味なメガネ女、ローブで顔を隠したチビ、はしゃぎ回る帽子女、ガチガチに緊張してる三白眼……あんな奴らが聖女であってたまるか!)

彼女たちを見た瞬間、僅かにあった聖女を信じる心は完全に無くなった。

(何が結界だ。教会が仕組んだ税取りの言い訳だろうが! そんな怪しい奴の助言なんかいるか!)

セオドーラ領のように、王都からも国境からもほどほどに離れている場所に位置する領主は聖女の恩恵を実感し辛いため、こうした考えを持つ者が出てくることがある。

「考える必要なんてないさ。この僕に何の危機が迫っているって言うんだ? 国内有数の領地経営手腕を持つこのウィルマ・セオドーラに」

煽るように、ウィルマは言い返す。セオドーラ領は彼の言うように土地の規模こそ小さいが、色鮮やかな衣服の生産地として有名だった。

それは先代領主であるウィルマの父が「領民のために」と貴族らしからぬ勤勉ぶりで育てたものであり、ウィルマ本人はそれにただ乗りしているだけに過ぎない。

本人が言っている経営手腕など一度も発揮されたことはなく——ウィルマの代になってからはむしろ悪化していた。

焦ったウィルマが行った作戦が、ルビィとの婚約と、破棄だった。

『どうしてもっていうならもう少し詳しく観るけど……』

「いや、別に知りたくなんてない」

『そ。じゃあ、これで契約は終了。あとは頑張ってね～』

間延びした声がぷつりと切れ、念話紙は効果を終了した。

「ったく、何が未来予測だ。詐欺師め」

「その通りです」

控えていたメイドがすかさずウィルマを持ち上げる。

「たとえ魔物が襲って来ようと、最強の私兵を揃えたウィルマ様に危険などあるはずがありません」

「そうそう。何にも恐れることなんてない。こうして——」

「んんっ」

メイドをベッドに引っ張り込み、ウィルマはその上に覆い被さった。彼がほんの少し触れると、メイドは頬を染め甘く上擦った声を上げ始める。

ウィルマはかなりの好色家だった。女に目がない。

聖女否定派なのも、彼女たちの容姿がお気に召さなかったから――という理由も少なからずあるかもしれない。

屋敷のメイドたちはもれなく彼の手付きだ。いつ、どこで、何をしてもいい――そういう契約で働かせている。

（あの女――ルビィも、僕に従順ならそのまま結婚してやっても良かったんだけどな）

ルビィの容姿はウィルマ的には『合格』だった。サラサラの金髪、白い肌、整った顔立ち、サイズは物足りないが十分に育った身体。

しかし身持ちの堅さが際立っていた。背後から抱きしめるように胸を触っただけで張り手をお見舞いされたのだ。

身持ちの堅い女は、ウィルマの中ではどれだけ美人だろうと『否』だ。

（女は何も考えず、僕に傅《かしず》いていればいいんだ）

嬌声を上げるメイドの上に覆い被さり、ウィルマはニヤリと唇の端を上げた。

「さあ、今日も楽しく過ごそう」

三　戦闘開始

太陽が顔を出す頃、クリスタはセオドーラ領へと到着した。

前日の昼にエレオノーラ領を出発し、途中でエキドナの家を経由した行程を考えれば驚異的な早さだが、クリスタに疲れは微塵《みじん》もない。

むしろ、さらにウィルマへの怒りを助長するような場面を目撃してしまった。

武装した数人の男と、足蹴にされながら彼らの足元に縋《すが》る領民が何やら揉めている。

クリスタは足を止め、そちらを注視した。

「お……お願いです！　そのお金を召し上げられたら店を畳まなければならなくなります……！」

「うるさい！　お前達は黙ってウィルマ様へ懐を差し出せばいいんだ！」

「先月も税を上げたではありませんか！　もう我々は限界です！」

「領地経営のためには金が要るんだよ！」

武装した男――会話内容から察するに、ウィルマの私兵だろう――が足元を振り払うと、泣きすがっていた男は声を震わせた。

「お願いします、お願いします……」

「この下民が……！」

兵士は剣を抜き、それを高く掲げた。

「税の回収を滞らせる不届き者はすなわちウィルマ様への反逆者だ！　よってこの場で斬り捨て――」

「分かりやすい構図ね」

クリスタは二人の間に割って入り、兵士の剣を素手で受け止めた。【聖鎧】に守られた掌はもちろん傷一つ付いていない。

もちろんそんなことを知らない私兵は何が起きたか分かっていない。呆気にとられたように口をポカンと開き、間抜けな声を上げる。

「へ？」

「聖女パンチ」

「おごぱ⁉」

顎に向かって拳を叩きつけると、兵士は数メートル以上も宙を飛んでから反対の家に激突した。

「な、ななな何だお前は⁉」

「通りすがりの者よ」

「部外者が邪魔するんじゃない！」

「聖女パンチ」

「ほぐぁ⁉」

問答する時間が惜しかったので、クリスタはそのまま私兵を黙らせることにした。

「大丈夫ですか？」

「ありがとうございます……いてて、助かりました」

領民を抱き起こすと、彼は蹴られた箇所を押さえてうずくまる。あちこちを蹴られ、服の隙間からは青い痣が見えた。

クリスタは彼の肩に手を触れながら、小さく呟いた。

「聖女ヒール」

「……え、あ、あれ⁉　痛くない⁉」

聖女が本来持っている癒しの力だ。たまにはちゃんとした使い方もする。

驚く領民に視線を合わせながら、クリスタはにこりと微笑んだ。

「ウィルマについて話を聞かせてもらえるかしら」

▼　▼　▼

ウィルマの領地経営は横暴を極めていた。

有能だった人々を「容姿が気に入らない」と次々に解雇し、屋敷内は彼の手付きのメイドばかりになっているそうだ。

意味もなく屋敷を豪邸に建て替え、屋敷を拡大し、食事は毎日贅沢三昧で遊びほうけている、と。

ウィルマが使い込んだ分は税に上乗せする形になっており、今では毎月のように税収が吊り上げられているという。

少しでも反発しようものなら、私兵によって罪をでっち上げられ、捕縛されてしまう。

「先代と共に築き上げたセオドーラ領が、たった一年で崩壊させられようとしているのです。我々にはどうすることもできず……」

「……そう」

クリスタはゆっくりと立ち上がり、遠くに見えるウィルマの屋敷を睨んだ。

「安心して。ウィルマが好き勝手できるのは今日までだから」

「……あの、あなたは一体。さっき聖女とか」

「通りすがりの者よ。ここのバカ領主に言いたいことがあって来たの」

領民は先程クリスタに癒してもらった身体を撫でた。

治療魔法。傭兵の中にも得意とする者はいるが、僅か数秒で複数の箇所をここまで綺麗に治せる者は見たことがない。

白衣の下の法衣といい、予想するまでもなく、目の前にいる彼女は聖女だろう。

(教会本部がウィルマの横暴を見かね、聖女様を使わしてくださった……？　しかしどうして聖女様を？)

聖女は国を守護する存在だが、それは魔物からの脅威に対しての守護だ。圧政を強いる貴族に罰を下すのは憲兵の仕事のはず。

(きっと何か深い事情があるに違いない)

領民はそう察し、それ以上尋ねることをやめた。

——実際、深い理由などない。

助けに入ったのは見過ごせなかっただけであり、傷を治したのはいつもの癖であり、服装がそのままなのは単にそこまで気が回らなかっただけだ。

そもそもここまで来た理由も、私的なこと——妹が理不尽に婚約破棄されたので腹が立ったから
——に過ぎない。

多くを語らないことが逆に領民に想像の余地を与え、結果的にクリスタの行いに正当性を持たせた。

「それじゃ、私は行くわ」

「はい。お気を付けて」

——聖女様。

口には出さず、領民はクリスタに向かって深く頭を下げた。

▼　▼　▼

近付くにつれ、ウィルマの屋敷の立派な門扉が徐々にその姿を見せる。

ところどころに金があしらわれており、格子はよく見るとドラゴンを象った彫刻だ。

「王城と似たり寄ったりね」

クリスタは研究者と聖女という二足のブーツを履いている。魔法研究所と教会本部はどちらも王城に近い位置にあるため、門は幾度となく目にしたことがある。

魔法以外は質素を好むクリスタの感性からすると、ウィルマの屋敷はあまりにも豪奢《ごうしゃ》が過ぎていた。

外装も、門扉も、敷地の広さも、全部。

領民から税を無理やり徴収するやりとりがここ最近、増えているというが、あの屋敷を見ればそれも納得できる。

ルビィがここに住んでいたときはまだギリギリ町としての体裁を保てていたようだが、そのときから軋みは徐々に広がっていたのだ。

——改めて、クリスタは強く拳を握り締めた。

「ウィルマ。好き勝手できるのも今日までよ」

クリスタは歩みを少しだけ緩めながら、ズカズカと門に近付いた。

正門を守っている二人の門番が、怪訝そうな顔で彼女を睥睨《へいげい》する。

「そこの女、止まれ。何の用だ」

「ウィルマ伯爵に喫緊《きっきん》の用があって来たの。通して」

「メイドの志願者か？」

「それにしては妙な出で立ちだな」

クリスタは聖女の正装である法衣の上に研究者の正装である白衣を羽織っている。

それが彼女の普段着なのだ。

「メイド志願者じゃないわ。ちょっと話をしに来たの」

「そんなことを言われて通すわけ無いだろうが」

しっしっ、と犬を追い払うように手を向けられる。

「そう。それじゃ仕方ないわね」

「分かったなら帰れ帰うごぁっ⁉」

「──力尽くで通らせてもらうわ」

クリスタは細い指で門番の額を──俗に言うデコピンというやつで──弾いた。

子供が悪戯するような軽い動作だったが、その威力は聖女の力によって極限まで高められている。

門番は後方に吹き飛び、派手な音を立てて門にぶつかった。

残る門番が激昂し、高らかに叫ぶ。

「き……貴様ぁ！　ここをウィルマ伯爵邸と知っての狼藉《ろうぜき》か！」

「知ってるって言ったじゃない」

「ごべ⁉」

もう一人も同じようにデコピンで黙らせる。

聖女の力と魔法の拡大解釈。そして膨大な魔力。これらを持つクリスタを止められる者など、誰もいなかった。

「さてと」

倒した二人を放置し、クリスタは正門の横にある小さな扉を蹴る。閂《かんぬき》が門の一部を抉り取りながらひしゃげ、蝶番が、キィ……と断末魔の悲鳴を上げて倒れた。

「……でっか」

外からでも分かっていたことだが、中に入りクリスタは改めて屋敷の広さに感嘆の声を上げた。

入口は遊歩道のような庭園になっており、色とりどりの花たちがクリスタを出迎えてくれた。その美しさは、こんな状況でなければ足を止めてじっくりと眺めたいほどだった。

「なるほど。ルビィが庭師に声をかけたくなるのも頷けるわね」

ルビィの婚約破棄と共にクビになったという庭師を憂い、クリスタは視線を下げた。

ルビィは花が好きだ。実家の庭師とも花の育て方についてよく話をしている場面を見ている。

純真に花を愛するルビィの気持ちを、ウィルマは私利私欲で踏み躙《にじ》ったのだ。

「今の音はなんだ⁉」

「入口の方だ！」

音を聞きつけ、にわかに騒がしくなるウィルマ庭園内。しかしクリスタに隠れるつもりは一切無かった。

これは見せしめだ。

ルビィを利用して傷つけた馬鹿な領主への。

だから——遠慮も隠蔽も、必要ない。

「派手にやりましょうか」

▼　▼　▼

「貴様、何者だ⁉」

「聖女パンチ」

「ぐぼ⁉」

ウィルマが居ると思われる本館まではそれなりに歩かなければならない。

クリスタは向かってくるウィルマの私兵を適当に気絶させ、ずんずんと突き進む。

「伯爵の家柄で、よくもまあこれだけ贅沢できたものね」

門構えや広さに加え、私兵の数も平均を大きく上回っている。規模だけを見れば公爵家や王族に匹敵するほどだ。

クリスタに領地経営の知識は無いが、幼い頃から父の背中を見て育った。

エレオノーラ領と大差ない面積のセオドーラ領では、取れる税もそこまで大きな差はないだろう。

――つまり、遅かれ早かれこの領地は破綻していたのだ。

状況証拠だけでも十分にウィルマを追い詰められそうだが、それではクリスタの気は収まらない。

自分の手でボコボコにしたのち、ルビィを利用したことを自白させる。

この順番で無ければ駄目なのだ。

アーチで区分けされた道を突き進むクリスタの前に、見張りの私兵らしき三人組が剣を構えて登場する。

無断で立ち入った者は賊と見なし、斬り捨てて良い――大抵の貴族の御多分に洩れず、ここもそういうルールが敷かれていた。

しかし一見すると賊には見えないクリスタの身なりを見て、私兵たちは戸惑いを隠せなかった。

凛とした意志の強い瞳。どこか高嶺の花のような美しさを秘めたクリスタに、彼らは思わず剣先を下げた。

侵入者というのは誤報では——そんな憶測が頭の中をよぎる。

それが命取りとなった。

「どきなさい」

一瞬で二人が倒され、残った私兵はクリスタに首の根を掴まれる。

「な……速、すぎる!?」

何が起きたか分からない。軽く手を振るったように見えたが、クリスタの所作の小ささと私兵達が吹き飛んだ距離に差がありすぎて、彼は「クリスタが殴って吹き飛ばした」という当たり前の現実が受け入れられずにいた。

(や……やられる！)

目を白黒させながら、私兵の男は、ぎゅ……と目を瞑った。

しかし、いつまで経っても予想していた痛みは来なかった。

「そんなに怖がらないで。あなたに伝言を頼みたいの」

力を抜き、私兵を解放するクリスタ。

「で、伝言……？」

「ウィルマ伯爵に伝えなさい。ルビィの姉が、妹が世話になった挨拶をしに来た、ってね」

ルビィ。

数ヶ月前にウィルマの婚約者となった少女の名前だ。

ウィルマが見初めた相手だからどれほど性悪な女が来るのかと話題になっていたが——実際のルビィは誰に対しても腰が低く、優しかった。

先代が亡くなってからは殺伐としたセオドーラ邸だったが、ルビィが居た間だけは少しだけ雰囲気が和んでいた。

目の前の凛とした女性は、そんな彼女の姉だという。一見すると姉妹とは思えなかったが……よく見ると、顔の造型などに共通点が見受けられた。

私兵はルビィがここに居た頃、何度か彼女の口から姉の話を聞いていた。

魔法研究者であり、そして国を守護する聖女という姉のことを。

「……思い出した！　あなたは、いえ、あなた様は！」

「無駄口は叩かないで。ほら、行ってらっしゃい」

そんな私兵の胸中を知る由もないクリスタは手を離し、すぐに行くよう促す。

私兵は慌てて屋敷の方に駆け出した。

「これでよし」

これは一応、ウィルマへの救済措置だ。素直に謝意を示すなら、十発殴る程度で許さないこともないという。

「——っ」

ざり、と鉄が石で整えられた地面を擦る音が聞こえ、クリスタはそちらを向いた。

「何やら騒がしいと思えば、随分と暴れてくれていますねぇ」

振り返った先から、鎧を着込んだ男が現れた。御多分に洩れずウィルマの私兵だろうが――立ち振る舞いが先程まで見かけた男達とはまるで違う。

男は芝居がかった様子で手を広げてから、甲冑に包まれた自分の胸を叩いた。

「しかしセオドーラ三闘士が一人、アルマイト・アルマゲインが来たからには、狼藉もここまでです」

「セオドーラ……三闘士？」

「その通り。私を含めてあと二人、ウィルマ様を守護する強力な用心棒がいます」

貴族は護衛のために私兵とは別に腕の立つ用心棒を雇うことも少なくない。クリスタの実家にもいるくらい、それは一般的だ。

それにしては数が多い。ウィルマは自分が恨みを買っているという自覚があるのだろうか。

やけに芝居がかった仕草をする騎士――アルマイトは、剣を抜き放ちながら腰を落として構えた。

「賊にしては大した度胸です。名前を聞いておきましょう」

「クリスタ・エレオノーラよ」

「クリスタ……クリスタ？」

アルマイトはクリスタの名前に引っかかりを覚えたのか、しばらく首を捻ってから思い出したように頷いた。

「――あぁ。聖女とかいう税金泥棒の一味ですね」

「……」

魔法技術が発達した現代。聖女の力である【守り】と【癒し】の力は無二の能力ではなくなった。

火の魔法でも守ることはできるし、水の魔法でも癒やすことはできる。

残るは『極大結界』だが、あれは聖女だけが存在を認知し、維持・管理できるものだ。一般人はもちろん、魔法に精通した者でも感知はできない。

そういう時代背景であるため、ウィルマと同様、聖女を税金泥棒と揶揄《やゆ》する者は一定数存在する。いわれのない悪評に悩む聖女も過去には居たらしいが……クリスタは特に気にせず、肩をすくめた。

「そうね。いまは結界の維持もしてないからそういうことになるかしら」

「いまは？　いつもの間違いではないですか？」

「今日はそういうことを言いに来たんじゃないの。そこを通しなさい」

「それはできない相談です。聖女といえど、罪が見逃される道理はありませんから」

装備の質もそうだが——本人の練度も、先程まで相手していた私兵とは比べものにならない。

(強いわね)

「ここであなたを斬り捨てれば、多少は無駄な税も浮くというものです」

「——っ」

瞬きの間に、アルマイトは懐に飛び込んできていた。

まるで空間を移動したかと錯覚するほどの速さ。限られた者が厳しい鍛錬を積んだ末に到達できる身のこなしに、クリスタは思わず息を呑んだ。見込み通り、相当なレベルの猛者《もさ》だ。

「成敗ぃッ！」

気合いと共に繰り出された斬撃は真っ直ぐにクリスタの首を狙っていた。

普通であれば、手も足も出せずに勝負は付いていただろう。

――普通、だったら。

「ほい」

「……は？」

真横からの一撃を手のひらで受け止めると、アルマイトは呆気にとられた顔をした。

素手で受け止めているように見えるが、実際はもちろん違う。

【聖鎧】の効果によって、皮膚に触れる前に押し止められているのだ。

魔物の牙だろうと騎士の剣だろうと、【聖鎧】を破ることは叶わない。

もっと言えば、受け止める必要すらも無かった。しかし守られているとは言え、やはり首筋に刃物が当たるのは肝が冷える。

なので、手を守りに使った。

それだけだ。

「あ、ぉ、んん⁉」

アルマイトは目の前の出来事の受け入れに、やけに時間を要していた。

クリスタは気にせず剣を、ぎゅっと握り締め、ぽつりと呟いた。

「【武器破壊】」

クリスタが掴んだ場所を中心に剣が砂状に変化し、風に溶けていく。

これも【癒し】の力の拡大解釈による効果だ。危害を加えるものを破壊することで、結果的に

【癒し】をもたらす。

（自分でやっておいて何だけど……「こじつけここに極まれり」よね）

それでもちゃんと効果が出るのだから、理屈としては正しいのだろう。

アルマイトは柄だけになった剣に目を白黒させながら、口をこれでもかというほど大きく開いた。

「な、なななななな、なんですかこれ――」

「聖女パンチ」

「はぅぁ!?」

クリスタが振りかぶった拳が、真っ直ぐにアルマイトの胸に叩きつけられた。

クリスタよりも体格に優れたアルマイトの身体が宙を舞い――庭の端に建っていた東屋に激突する。

「お、おご……」

相当な硬度を誇るであろう甲冑はクリスタのパンチで無残に凹み、アルマイトは白目を剥いて気絶した。

硬い鎧を殴ったにもかかわらず、クリスタの拳には傷一つ無い。

「……あと二人、あんなのがいるってことね」

あのレベルの手合いなら障害にはならないが、時間稼ぎにはなる。

ウィルマがどこに逃げようと追いかける所存だが、できればここでケリをつけておきたい。

「厄介な相手が出てこなければいいんだけど……って」

端正な顔をしかめながら、クリスタは改めて屋敷の方へと視線を向けた。

そして気付いた。

「本館っぽいものが三つもあるんだけど……」

四　続・話を聞かない男

「た……大変ですウィルマ様！」

「なんだ、騒々しい」

朝の日課——起こしに来たメイドと朝の運動——を終え、ちょうどウィルマが着替えた瞬間に男が飛び込んできた。

ウィルマは知る由もないが、彼はクリスタに伝言を頼まれた私兵だった。

ベッドの上で疲れて眠る半裸のメイドに布団を被せて視線を遮りつつ、ウィルマは私兵からの報告を待った。

「はぁ……は、報告……かっ」

よほど急いで来たのか、私兵は過呼吸になりかけていた。

私兵には厳しい試験を課し、粒ぞろいの精鋭を揃えたつもりだったが、やはり何割かはこういった出来損ないが紛れ込んでしまう。

そこは仕方ない——と、ウィルマは冷たく割り切っていた。

「おら、さっさと用件を言わないか」

「ごふっ、お……」

ウィルマが蹴って先を促すと、私兵はようやく話し始めた。

内容は至極単純。先日、婚約破棄したルビィの姉が訪ねてきているという。

「あの女に姉が居たとは初耳だな」

ウィルマはそう言うが、実際は会話の中で何度かクリスタの名前は出ていた。彼が興味を持たなかったので右から左へと聞き流していただけだ。

ルビィを利用し、両者の間にある山の利権を一挙に掌握する。そういった見地でしか結婚を見ていなかったため、相手の家族構成なんて気にも留めていなかったのだ。

クリスタのことは知らないが、挨拶をされるような関係でないことは分かる。

となると――。

(逆恨みか……くだらない。貴族は互いを食い合うものなんだよ)

持論を展開しながら、ウィルマは吐き捨てた。

「で?」

「それが……そのお方、実は聖じょっ⁉」

さらに何か言いかけた私兵の顔面に、ウィルマは裏拳をめり込ませた。

もんどり打って床を転がる私兵に、冷たい声を浴びせる。

「暴れるな。部屋が汚れてしまうだろうが」

私兵の腹を二、三度ほど踏みつけると、彼は息を乱しながらも大人しくなった。

「僕が聞きたいのはそうじゃない。お前の主は誰だ？」

「う……ウィルマ様でございます……」

「そうだろう。なのにお前はどうして侵入者の伝言役になっている？　それを伝えて僕の役に立ったつもりか？」

「それは……」

貴族の屋敷への侵入は重罪。即刻斬り捨てるべし——それが暗黙のルールだ。

私兵はそれを怠り、侵入者の伝令に従事している。

（なんて役立たずなんだ。今すぐここで斬り捨ててやりたいくらいだ！）

荒ぶる心を、後ろで眠る半裸のメイドに視線を移すことで鎮める。

たとえ部下が失態を犯したとしても、それを許すことのできる器の大きな人間——そう自分に言い聞かせると、不思議と心が穏やかになった。

（我ながら甘いな。しかし、締めるところは締めないとナメられてしまう）

ウィルマは足を退け、私兵に命じる。

「すぐに殺——いや、捕まえてこい」

侵入者が女であることで、ウィルマは命令を変更した。

「ウィルマ様、お聞きください。彼女は聖ぶご!?」

『侵入者を捕縛しました』

「それ以外の報告は不要だ。クビになりたいのか」

「……了解、しました」

私兵は何かを言いたそうにしていたが……深く頭を下げ、部屋を退出した。

「全く、できない部下を持つと苦労が増えるよ」

私兵と入れ替わるようにして、メイドが朝食を運んできた。好みのメイドで周りを固めているため、彼女も当然ながらウィルマのお気に入りだ。

父の代から長年働いていた年嵩《としかさ》のメイドは全員解雇している。

何が悲しくて母親と同年代の女に世話されなければならないのか。

(僕の視界に入って良いのは若くて可愛らしいメイドだけだ)

「さて、朝食を頂こうかな」

ウィルマは食事に手を伸ばすフリをして、メイドの胸部で揺れる果実を掴んだ。

「もう……ウィルマ様ったら。さっきまでお盛んだったのでは？」

「僕が本気を出せば、一日何回でも可能さ。試してみるかい？」

「あんっ♪」

手をするりと服の隙間に入れると、メイドはとろんとした目でウィルマを見つめてきた。

「さてと――いただきます」

五　屋敷はどこ？

クリスタはじぃ……と屋敷に目を凝らす。

「何度見ても三つあるわね」

疲労で物が三重に見える訳でも、魔法で幻を見せられている訳でもない。本当に、同じ建物が三つ並んでいる。意図してかは分からないが、遠目で見た時は三つの建物が一つに繋がっているように見えたのだ。この距離まで近付いてから、ようやくクリスタは間違いに気が付いた。

「ウィルマを捜すのに骨が折れそうね」

窓の数から、おおよその部屋数を割り出し——クリスタは、うへぇ、とうめいた。

一つ一つ虱潰《しらみつぶ》しに捜せばいいが、逃げられては元も子もない。

「誰かを捕まえて聞いた方が早そうだけれど、そんな相手は……」

「そこのお前。侵入者というのは貴様だな」

「……いた」

タイミング良く声を掛けられ、クリスタはそちらを振り返った。声の先には、派手な色のローブに身を包み、身の丈ほどもある杖を握り締めた中年の男が立っていた。

男はクリスタを品定めするように見てから、ふむ、と頷いた。

「法衣の上に白衣……なるほど、いかにも不審者の格好だ」

「その言葉、そっくりお返しするわよ」

服装の奇抜さでは大差ないように思えた。少なくとも、クリスタが家人であればすぐにつまみ出したい程度には相手の方が怪しい格好をしている。

「まあいい。ウィルマ三闘士が一人・稀代の魔法使いスヌーグスの前にひれ伏すがいい！」

おかしな出で立ちの魔法使い――スヌーグスは、杖をクリスタに向けて呪文を唱えた。

杖は一般的な魔法の補助具だ。魔力の増強や呪文の短縮など、その効果は千差万別。

好んで使う者もいれば、魔法使いだと分からなくするために使わない者もいる。

スヌーグスは前者のようで、杖の効果は呪文の短縮だった。

「颪よ！」

「――ッ」

巨大な圧に押され、クリスタはその場から吹き飛ばされた。

間髪を容れず、スヌーグスが続けて叫ぶ。

「颪よ！　颪よ！　颪よ！　颪よ！」

呪文を極限まで削ることで連発を可能にし、反撃の暇を与えず制圧する。

威力が低ければ敵にダメージを与えられず、高すぎればすぐ魔力不足になってしまうため、魔力量に自信が無ければ取れない戦略だ。

稀代を自称するだけあり、ある程度の実力者であることは窺えた。

「はーっはっは！　どうだ！　我が魔法、とくと味わえ！」

「ええ。たっぷり味わわせてもらったわ」

「——はえ？」

吹き飛ばされたにもかかわらず無傷で立ち上がるクリスタに、スヌーグスの目が点になる。

「制御五十点。威力二十五点。連射力七十点ってところかしら。風魔法で連射を高めたいなら、斬ることは目的にせず、ただ風で押す方が魔力制御は容易になるわよ。もしくは杖を取り替えて一撃の威力を高めた方が合うと思うけれど……今のところ、どっちつかずの中途半端感が拭えないわ。あと——」

「——な、貴様！　何様のつもりだぁ⁉」

魔法研究者ならではの細かい指摘に、スヌーグスは激昂する。

「風よ！」

「聖女パンチ」

「え⁉」

風魔法に拳を当てることで無効化する。

「——あと、ワンパターンすぎるのよ。速度を覚えられたらこうして」

「風よ！」

続けて飛んできた風魔法も裏拳をぶつけて無効化しながら、クリスタは続ける。

「迎撃されやすくなるから。同じ魔法にするにしても、せめて五パターンくらいは組み合わせないと――」

「なんなんだお前はぁあああぁ!?」

連続して飛んでくる風を、クリスタはすべて拳で的確に落としていく。

「補助具を使っての魔法は便利だけど、それだけだと広がりが無くなるわ」

「くく……来るなぁ！」

完全に取り乱したスヌーグス。

それでも彼が使える魔法は一種類だけだ。この戦法に頼り切っていたため、他の戦い方を完全に忘れている。

風をかき消すたび、クリスタはスヌーグスとの距離を一歩ずつ縮めていく。

「風よ！」

「聖女パンチ」

「風よ！」

「聖女パンチ」

「風よ！」

「聖女パンチ」

「風――!?」

手の届く範囲まで接近したクリスタは拳を振りかぶり、杖めがけて振り下ろした。頑強な鎧すら破壊する力に木製の杖が抗えるはずもなく、音を立てて真っ二つに折れる。

「あ、あ、あ……」

「こうして杖さえ壊しちゃえば戦闘力激減ね。杖はあくまで補助具。これを主軸にすると碌《ろく》なことにならないわよ」

「……」

「さて。ちょっと聞きたいことが――」

「なぁぁぁぁんてなぁ！」

スヌーグスは唇をニヤリと歪め、クリスタに勢いよく手を伸ばした。袖の下から小さな杖が滑るように出現し、それを掴み取る。

「死ねぇーッ！」

大きく、鋭い風魔法がクリスタに襲いかかる！　その威力は杖の大きさとは裏腹に、先程までスヌーグスが使っていたものよりも強力だった。

「はーっはっは！　俺に切り札まで使わせたことは褒めてやろう！　しかしこの――」

「気は済んだ？」

「!?」

クリスタは無傷だった。スヌーグスの魔法など、それこそ『どこ吹く風』だ。

「何故……どうして効かない!?」

「あなたも魔法使いの端くれなら想像がつくんじゃないかしら？」

クリスタが問いかける。

スヌーグスの魔法をことごとく弾くその力。なんとなくだが予想はついていた。しかし、すぐに否定したものだ。

魔法を知らないからではない。知っているからこそ、あり得ないと断じたのだ。

「まさか……結界？」

「そ」

クリスタは答え合わせをするように掌を掲げた。よく見てみろ、ということらしい。

彼女の身体を薄らと包む光の衣――スヌーグスが知るものとは全く形が違っているが……まぎれもなく結界だ。

スヌーグスがこれまで見てきた中で最も薄く、最も強力で、最も神々しい。

「あり得ない……そんなものを戦闘中ずっと維持し続けるなんて、魔力が持つはずがない！」

「そうね。制限時間はもちろんあるわ」

【聖鎧】は強力だがとにかく燃費が悪い。魔法の拡大解釈の関係もあり、今はクリスタ専用の魔法になっている。

いずれは誰にでも使えるような手軽な魔法にすることを目標にしているが……スヌーグスの反応を見るに、まだまだ先になることは間違いない。

「そういう訳だから、私には時間が無いの」

クリスタは三つに連なった本館を指した。

「ウィルマの居場所はどこ？」

「言う訳がないだろうが！　俺の口の堅さを知らないよう――」

クリスタは手近にあった拳大の石を手に取った。ふん、と力を入れると、それが粉々に砕け、手の隙間からパラパラと落ちていく。

半開きで口を噤むスヌーグスに向かって、クリスタは聖女のように――実際、そうなのだが――優しく微笑みかけた。

「言わないならあなたの顔面がこういうことになるけれど、仕方ないわね」

「一番奥の建物です！」

クリスタが手を伸ばそうとすると、スヌーグスはあっさりと白状した。

堅い口はどこへ行ったのだろうか――ツッコみたい衝動を抑え、クリスタは拳を握った。

「ありがと。お礼に一発だけで済ませてあげるわ」

「へ？」

礼を言ってから、クリスタは脳天に拳を叩きつけた。

目を回してその場に倒れるスヌーグスを放置し、奥の建物を見据える。

「やっと会えるわね……ウィルマ」

六　やっぱり話を聞かない男

「ウィルマ様ぁ！」

「ノックをしろと言っているだろうがぁ！」

またしても私室に飛び込んできた別の私兵に、ウィルマは怒鳴った。

ウィルマが嫌いなものはたくさんあるが、中でも嫌なのが「女と楽しんでいる間に仕事の話をされる」ことだった。

仕事の話を持ってくる奴は軒並み大義名分を抱えてやってくる。

領主にしか決定権がない、確認が絶対に必要という理由でウィルマとメイドの大切な時間を奪っていくのだ。

（目の前の女よりも大事な用事なんかあるか！）

「全私兵に伝えろ！　昼過ぎまで何があっても僕に報告をするな！」

「え……し、しかし！　侵入――」

「それはさっき聞いた！　あの女の姉だろう⁉　そんなことくらいでいちいち僕に意見を求めに来るな！」

「そ、そんなこと……くらい……」

私兵はちらちらと窓の外に視線を向ける。

ウィルマはとにかくメイドと続きを楽しみたかった。

だから、私兵が二人も血相を変えてきたという異常事態すらも深く考えることなく切り捨てた。

「いいか？　全員に徹底させろ。『昼を過ぎるまで、何があっても報告しに来るな』」

「し、承知……いたしました」

不服と困惑をたっぷり乗せた表情のまま、私兵はすごすごと引き下がっていった。

「まったく……男はどいつもこいつも」

ウィルマは領主の座に就いた際、私兵も含めて全員を女性にしようとした。

しかし応募してくる者がいなかったのだ。魔法の発展により男女差は以前より格段に減ったとはいえ、やはり庭師や私兵、馬の世話係、営繕係などは男の仕事、という風潮は根強く残っている。

セオドーラ領がそこまで人口の多い領ではない、ということもある。何人かは応募があったが、ウィルマ的には『否』な見た目の者ばかり。

(見た目も合格だったのは、あいつだけだな)

「ウィルマ様。私を差し置いて他の女のことを考えていませんか？」

ぷぅ、とむくれるメイド。勘の鋭さにウィルマは思わず笑みを零した。

「ははは。すまない。それじゃ、続きをしようか」

七　邂逅

「よーやく着いたわ」

もう何度目か分からない呟きを零し、クリスタはウィルマが居るという屋敷を見上げた。

私兵に言伝を頼んだが、ウィルマの方から謝りに来る素振りはない。

かと言って逃げられた訳でもない。

この屋敷は新たに建てられたもので、正面の入口以外に外へ出る場所はない――と、道すがらすれ違った営繕係の男が教えてくれた。

どうやら前領主時代から残っている者はウィルマのことをあまりよく思っていないようだ。

是非とも懲らしめてやってくれ、とまで言われた。

屋敷内にはメイドしか居らず、もはやクリスタに立ち塞がる障害はない。

――とはいえ、引っかかっていることがある。

(あの剣士と魔法使い。それぞれセオドーラ三闘士、ウィルマ三闘士って名乗ってたのよね……)

もはや名前も忘れてしまった二人が、揃って『三』闘士と名乗っていた。

もう一人、どこかに実力者がいるはずなのだが、結局会うことはなかった。

「ま、いいわ」

庭の広さに比例するように、屋敷の造りも巨大だ。短期間でこれだけの屋敷を仕上げた大工に賛辞を贈りたくなるほどだ。

外からざっと見ただけでも膨大な数の部屋があることが分かる。

虱潰しに捜すのは骨が折れてしまうので、先程と同様、誰かに聞いた方が早いだろう。

「お邪魔しまー……すッ！」

聖女パンチでドアを破壊《ノック》して屋敷内に入り、玄関ホールをぐるりと眺める。

左右に広がる廊下には等間隔に高そうな壺や銅像が並べられていて、中央には五人同時に歩いてもまだ余裕のある階段があった。上った先には踊り場があり、そこから左右に分かれて二階の部屋に続いている。

広いことを除けば、割とオーソドックスな貴族の屋敷然とした造りになっている。

掃除でもしていたのだろう。数人のメイドが突然の闖入者にぽかんと口を開けている。

情報通り、中にいる人間は女性――メイドしかいない。

執事とメイドの割合はその家の主人の嗜好によって多少変化はあるが、ここまで偏っているのは珍しい。

偏りもさることながら、メイドの服装にもクリスタは目を奪われた。

実家のメイドと比べると彼女たちの衣装はやけにフリフリが多く、胸元が開き、さらにスカートが異様に短い。そして全員、若い。

新たに領主となった貴族ならまだしも、セオドーラ領は古くからある土地だ。平均年齢は相当、上になるのが自然なのだが……そうではないところを見ると、領民が言っていた話は本当のようだ。

「なるほど。毎夜可愛いメイドさんをとっかえひっかえ……ね」

「あ、あの……あなたは？」

おっかなびっくり、とした様子でおかっぱのメイドがクリスタに話しかけてくる。

「騒がせちゃってごめんなさい。ウィルマはどこ？」

クリスタが前のめりになって尋ねると、メイドさんは面白いくらいに震えながら階段を指した。

「どうもありがとう——暗殺者さん」

「ッ！」

ぶるぶると震えていたおかっぱメイドの表情が豹変《ひょうへん》する。殺意と、それに慣れ親しんだ者の目だ。

「全員、やれ！」

四方八方からクリスタ目がけてナイフが投擲される！

それらを【武器破壊】で粉々にしながら、素早く敵となる人数を確認した。

突然始まった戦闘に腰を抜かし、あわあわと逃げていくメイドと、クリスタを殺意の籠もった目で睨むメイド。

（戦闘員と非戦闘員が交じっているのね）

外の連中とは違い、屋敷に居ても違和感がないよう普段は可愛らしいメイドを演じている……というところか。

最初のおかっぱメイドと合わせて、全部で五人がクリスタの前に立ち塞がった。

おかっぱメイドが、鋭い視線を向けながら問いかける。

「なぜ我々に気付いた？」

「ウチにも似たような子がいるの。その子に見分け方を教えてもらったのよ」

メイドと暗殺者の見分け方。

クリスタが初めてそれを聞いた時は『絶対に使いどころのないムダ知識』と思っていたが、まさかそれがこんなところで役に立つとは思いもしなかった。

（帰ったら、メイザにお礼を言っておかないと）

「なんとか三闘士っていうのはあなた？」

「その通り。私こそが栄光の伯爵《グローリー・アール》三闘士最後の一人、キャシーだ！」

全員、呼び方が微妙に違っているような気がするが……まあいいや、とクリスタは疑問を放り投げた。

おかっぱメイドもといキャシーとその部下たちは、太股から小ぶりなナイフを取り出し、クリスタの前にちらつかせる。

「よく見破ったと褒めてあげたいところだけど……この人数差を前に、いつまで余裕ぶっていられるかしら？」

キャシーのその声を合図に、暗殺メイド達は方々に散ってクリスタを取り囲んだ。

「ウィルマ様に仇なす不届き者め！　ここで惨めに死ね！」

扇情的な格好とは裏腹にその殺意や速度は本物だった。

（メイザと同じ出身かしら）

なんとなく実家のメイドを思い出すが、それを気にする余裕はない。

クリスタを取り囲んだメイド達だったが、積極的に攻撃する様子はない。時折、死角からナイフを投げる程度だ。

近付いてきたタイミングを合わせてカウンターを放つ予定だったクリスタは、肩透かしを食らっていた。

（近付いてもらわないと攻撃できないじゃない）

クリスタは遠距離から攻撃する術を持っていない。彼女が行使する聖女の力は手の触れる範囲が望ましく、物凄く無理をしてようやく三メートル先に結界を張れる程度だ。

（焦る必要はない。隙を見計らって、距離を詰めれば……）

「ウィルマ様に楯突くなんて、馬鹿な女だ」

動きを止めたクリスタに気を良くしたのか、キャシーが嘲笑《あざわら》う。

「そういえば、ウィルマ様が連れてきた婚約者はお前の妹だったな。だったら納得だ」

「どういう意味？」

「どうもこうも、姉妹揃って馬鹿ということだ」

――クリスタのこめかみが、ぴくりと反応した。

高速で動き回るキャシー達は気付かなかったようで、他のメイド達も口々に嘲笑《ちょうしょう》し始める。

「あの女は愚かにもウィルマ様の寵愛を拒否し、そのご尊顔に張り手を食らわせたのよ」

「そのことを咎めたらこう返してきたわ」

――たとえ婚約者であろうと、そういうことはもっとお互いを知ってからでないとできません。

「だから私たちで分からせてやったのよ。自分がどれほどの罪を犯したのかと言うことを」

キャシー達はウィルマに心酔するあまり、ウィルマを拒絶したルビィに全員で陰湿な嫌がらせを行っていたことを告げた。

わざとぶつかる、ベッドのシーツを汚す、食事の配膳を遅らせる……等々。

「――――そう。そんなことまでされていたの」

たった一人で婚約者としてきて心細い中、唯一味方になってくれるはずのウィルマは頭の中が花畑。そしてメイド達からは嫌がらせを受ける。

どれだけ辛かっただろう。当時のルビィの心境を察し、クリスタは心を痛めた。

その痛みは転じて怒りへと変貌する。

「教えてくれてありがとう。お礼をしなくっちゃ」

「⁉」

クリスタは両手を前に突き出した。

「はっはっは！　ようやく観念したか？　だがもう遅い！　ウィルマ様に歯向かった罪、その身で贖うが――」

「【結界】――二枚重ね」

暗殺メイド達の外側と内側に結界を張った。これで彼女たちは、どこを移動しようと結界の『中』にいることになる。

「な、なによこれ！」

「壁……見えない壁があるわ！」

キャシーとその部下たちが騒ぎ出すが、もう彼女たちの動きは封殺されている。

あとは徐々に結界同士の距離を狭めていけば――いずれ彼女たちは動けなくなる。

「キャシー隊長！　この壁、だんだん狭くなってきています！」

「く……破壊しろ！」

「この……この、このぉぉぉ！」

メイド達はナイフでなんとか結界を破ろうとしているが、無駄だ。

【極大結界】は人間に効果が無いのでよく勘違いされるが、聖女の力を用いて作られた結界は通常のそれとは全く別次元の強度を誇る。

暴れるメイド達に、クリスタは勝利を宣言する。

「無駄よ。一人の人間が聖女の結界を壊せると思う？」

狭めに狭めた結界は、暗殺メイド達の身動きが取れないまでに小さくなっていた。

動き回っていた五人が、完全に静止する。

「【拘束結界】。これでよし……と」

――少しだけ、クリスタは目眩を覚えた。

ただでさえ【聖鎧】の維持で魔力をすり減らしているところに、苦手な遠隔系の魔力操作を強いられたのだ。膨大な魔力を有しているとは言え、さすがに骨の折れる作業だ。

（あまりいいやり方じゃなかったけど、この子たちにもキツめのおしおきをしておかないと）

分からせなければならない。

自分たちがどれほど愚かな行いを行ったのかを、その身を以て。

「そうだ。おしおきついでに、ウィルマはどこにいるのかも喋ってもらおうかしら」

「は、ははは！　こんなことで私たちが口を割ると思うのか⁉　殺すなら殺せ！」

「こういうことになるけど、いい？」

クリスタはホールの脇に飾っていた花瓶に手を触れ、彼女たちと同じように結界で覆った。

パン！　とわざとらしく手を鳴らし、極限まで結界を小さくする。

何物も通さない結界は、こうして縮めることで万物を潰す万力に変化する。

それを実演して見せたのだ。

「くどい！　私たちは誰もウィルマ様を裏切ったりはしない！」

「そいつがとんでもない悪党でも？」

「悪党だと……？　ウィルマ様は素晴らしい御方だ！」

キャシーの目は完全に狂信者のそれだ。ウィルマとどういう馴れ初めがあったのかは知らないが、完全に盲目的になっている。

「そう……残念だわ。じゃあ、ここであなたたちとはお別れね」

クリスタは頭を振ってから、手を鳴ら——


「そうだ。いいことを思いついた」

——そうとしたところで手を止め、改めて暗殺メイド達の顔を窺った。

キャシーは自ら言った通り、覚悟を決めた目をしている。

クリスタの脅しには決して屈しないだろう。

(けど……他の子はどうかしら?)

クリスタは揺さぶりをかけることにした。

「一分間の猶予を与えるわ」

「はん。無駄だと言っているだろう!」

キャシーを無視して、クリスタは全員に告げた。

「その間、少しずつ結界があなたたちを圧し潰していく。一分間、誰も喋らなければ全員仲良く
『一瞬で』葬ってあげる」

「——ッ」

はっきりと死を宣告すると、暗殺メイドのうち一人が顔を歪ませた。

クリスタはそのメイドに向き直り、にこりと微笑みを向け——救いの糸を垂らした。

「けれど、ウィルマの居場所を一番早く教えてくれた子は無条件で解放するわ。その場合、それ以

外の子は『地獄の苦しみを味わって』死んでもらう」

「……なに？」

「こう見えて人を治す仕事もしているの。逆に言えば、どこを順番に潰せば長生きできるかもよーく知ってるわよ」

「……っ」

暗殺メイドたちが、一斉にお互いの顔を見合わせた。

「はい、スタート。時間は一分よ。いーち、にーい」

「さっ、三階の！　東の一番奥の部屋です！」

先程顔を歪ませたポニーテールの暗殺メイドが、十秒もしないうちに吐いた。

(見込み通りね。ウィルマへの忠誠心が強いのはキャシーだけ)

「な……貴様ぁ！」

「この裏切り者！」

「なんで……なんでぇ！」

「はいはい、喧嘩はあの世でやりなさい――みんな、仲良くね」

その言葉を聞いたポニーテールのメイドが、再び顔を歪ませる。

「え……た、助けてくれるって約束は……？」

「ルビィを虐めた奴との約束なんて、守るわけないじゃない」

「そんっ、な……」

クリスタがぴしゃりと言い切ると、助かろうといち早く口を割ったポニーテールの暗殺メイドは魂が抜けたように放心した。

「じゃあね、バイバイ」

「やだぁぁー！　やめてやめて！」

「お願い！　何でもします！」

「嘘つき！　嘘つきぃ……！」

口々に命乞いやら罵倒をする暗殺メイドたち。

クリスタはそれらを完全に無視。にこりと微笑んでから、手のひらを掲げ——一際大きく手を鳴らした。

——パン！

「……なんちゃって」

叩いた音の大きさに肝を潰し、四人が泡を吹いて気絶した。

クリスタはもとより誰も殺す気なんてない。

聖女の力で人を殺《あや》めることは決してしてはならないと強く言いつけられている。多少の制約は破るクリスタだが、これだけは遵守していた。

誰も殺さない。それはこの復讐劇の大前提だ。

クリスタは一般的な常識が欠如していると他の聖女によく言われる——本人にその気は全く無い

――が、越えてはいけない線はしっかりと弁えている。

「き……貴様ぁ！　よくも私たちをコケにしたな！　絶対に許さんぞ！」

「あら。まだ起きてたの」

キャシーだけは気絶せず、尻餅をついた状態で気丈にクリスタを睨み上げていた。その場から動こうとしないところを見るに、腰は抜かしているようだが。

「貴様の顔、覚えたぞ……！　絶対に地獄の果てまで追いかけて、復讐してやる！」

「それは困るわね。私のことは忘れて頂戴」

こういう手合いは残しておくと面倒だ。かと言って、殺すことはできない。

記憶を消去するような魔法があればいいのだが、そんな便利なものはまだ開発の糸口すら見つかっていない。

なのでクリスタは、記憶が上手い具合に飛びますように――と願いを込めて、物理的な衝撃を頭に加えることにした。

「聖女チョップ」

「ほげぇ!?」

キャシーは床に顔をめり込ませ、そのまま動かなくなった。

八　話を聞かなかったことを後悔する男

「やはりキミは最高だな」

「もう、ウィルマ様ったらぁ」

ウィルマがあられもない姿のメイドにキスを落とすと、彼女は嬉しそうにはにかんだ。するりと指を抜ける髪。ほどよく締まった肉体。艶を含んだ肌。その身を包み込む従順の証である白と黒の装い。

（やはりメイドは最高だな）

無理してでもこの環境をつくって良かった――と、ウィルマは満面の笑みを浮かべる。

二人で仲良く服を着直してから――はたと気付く。

「やけに静かだな」

耳を澄ましても、音が全く聞こえてこない。いつもうるさいという訳では無いが、それなりに生活音は聞こえてくる。しかも時刻はまだ朝を過ぎたばかり。

一日の中で最も騒々しい時間帯のはずなのに。

（ははぁん。僕に気を遣っているんだな）

私兵に怒鳴ったことを思い出す。

メイドまでもが音を立てないように気を配っているんだろう。

ウィルマはあくまで男に怒ったのであって、メイド達には怒っていないのだが……こうして気を遣われている分、彼は愛されていることを実感していた。

「そういえば、侵入者が居たとか言っていたな」

あの無能な私兵が言うには、この屋敷にルビィの姉が侵入してきたらしい。

報告から既に一時間ほど経過しているので、とうの昔に捕縛しているだろう。

(顔くらいは見てやってもいいか)

ウィルマはルビィを婚約破棄したが、顔立ちの良さは認めていた。自分の言いなりになるのなら、そのまま結婚してやってもいいと思うほどに。

(あの女の姉なら、さぞかし美人に違いない——しかもわざわざ乗り込んでくるなんて、相当気が強くないとできないことだ)

ウィルマは基本的に従順な女を好んでいた。言うことに逆らわず、全てを肯定し、賞賛してくれる。そういう女が大好きなのだ。

しかし、気の強い女を従順に調教するのも一興か——と、ふと思考を巡らせる。

(僕の『技』をもってすれば、女を快楽に落とすなんて容易い)

ウィルマへの憎しみと、ウィルマに与えられる快楽。相反する感情で苦しみ、揺れ動く女。考えただけでヨダレが出てくる。

(悪くない——屋敷のメイド達のように、僕以外じゃ満足できない身体にしてやる)

「どれ。まずは顔合わせだな」

クリスタへの処罰を決め、ウィルマは机の上のベルを鳴らした。

澄んだ音が、屋敷に響き渡る――。

「ん？　誰も来ないな」

いつもならベルを鳴らせば十秒以内に誰かが来るはずなのに。二十秒、三十秒――一分経っても、誰も来る気配はなかった。

（僕をこんなに待たせるなんて、いけないメイド達だ）

キツイおしおきが必要だな――新しく浮かんできた「遊び」に、ウィルマはさらに頬を緩め、鼻の下を伸ばす。

（ルビィの姉と一緒に、全員たっぷりとおしおきしてやろう）

……しかし、待てど暮らせど、誰も来ることは無かった。

さすがに違和感を覚えたメイドが、ウィルマに提案する。

「様子を見てきましょうか？」

「ああ。頼むよ」

ウィルマに微笑みを一つ残し、メイドが扉を開けようとした――その瞬間。

「はぷぅ⁉」

ダァン！　と音がして、横に『開く』はずの扉が前に『落ちて』きた。

扉の下敷きになり、悲鳴だけを残してメイドの姿が見えなくなる。

「や〜〜〜〜っと、見付けた。ったく、この屋敷広すぎるのよ」

扉（と、メイド）を踏みつけて現れたのは……法衣の上に白衣という奇妙な格好をした、見たことのない女だった。

初めて見たのに、どこか見覚えがある。

そう。つい先日までウィルマの婚約者だった女――ルビィをどことなく思い出させる顔立ちだ。髪の色や目の鋭さなどは違うが、全体的な顔の配置がよく似ている。

ルビィがもう少し歳を重ねて、そして垂れ気味の目尻を上げれば、ちょうどこの女のようになるだろう。

「あなたがウィルマ伯爵ね？　捜したわ」

――ウィルマは、彼女が誰であるかをすぐに察した。

「お前、まさか……」

「どーも、ウィルマ伯爵。あなたがクソみたいな理由で婚約破棄したルビィの姉、クリスタよ」

クリスタと名乗る女は、にこりと微笑んだ。顔全体を見ると笑っているのに――その目は全く笑っていない。瞳の奥に隠しきれない憎悪の炎が燃え盛っていた。

「あ……ひぃ⁉」

ウィルマは咄嗟にベルを鳴らした。

何度も、何度も、煩いくらいに鳴らし続ける。

しかし先程と同様、誰も来る気配は無かった。

「なんで誰も来ないんだよ！　ご主人様の危機だ！　誰か来いよ！」

「無駄よ。あんた以外はみんな私がぶっ飛ばすか、逃げるかしたわ」

「ば……馬鹿な！　僕が揃えた最強の私兵、セオドーラ三闘士は⁉」

「庭と噴水前と玄関ホールでそれぞれ泡を吹いているわよ」

「……⁉」

アルマイトは元・男爵家の騎士だ。その質実剛健な太刀筋を正面から打ち破ることはできない。

スヌーグスは優れた魔法使いだ。連続する風魔法の前に敵は為す術無くひれ伏すしかない。

キャシーはメイドと暗殺者を兼任している。敵が本館まで来たとしても速やかに始末してくれる。

最も信頼を置くあの三人が負ける姿を想像できない。

しかし、現にクリスタはここに来ている。その矛盾に耐えきれず、ウィルマは叫んだ。

「お前みたいなただの女に、あいつらが倒されるわけないだろう！」

「ただの女じゃないわ」

クリスタは自分で壊した扉を蹴飛ばすと、下敷きになって伸びているメイドに手をかざした。

「聖女ヒール」

「……はぁ⁉」

淡い光がメイドを包み、扉に潰された拍子にできたいくつもの傷が――あっという間に塞がる。

魔法に疎いウィルマですら、その回復速度の異常さは簡単に見て取れた。

普通の回復魔法は小さな切り傷すら完治するまでに十五分以上の時間を要する。自然治癒で一週間はかかる怪我なのだから、それでも十分に早いと言えるが、クリスタはそれを、ほんの瞬きの間にやってみせた。

「お、おま、お前……何者、だ？」

「見ての通りよ。わたし、聖女なの」

「嘘を吐くなぁ！　僕は聖女たちを見たことがある！　おま、お前のような女は聖女の中にいなかったぞ！」

「これなら分かるかしら？」

クリスタは懐に仕舞っていた眼鏡を、すちゃ、と掛けた。

「……あ」

「見覚えがあるみたいね」

再び眼鏡を外しながらクリスタは首を傾げた。

「庭にいた見張りに言伝を頼んだのだけれど、ここには来てないのかしら」

「……ッ！」

この時、ウィルマはようやく——ようやく、あの私兵が血相を変えて何を伝えたかったのかに気付いた。

（あの時……あいつがちゃんと報告していれば……！）

話を聞かなかった自分を棚に上げ、ウィルマは見張りの兵士を恨んだ。

「聞いていないのなら、もう一度言うわね」

一歩前に出ながら、クリスタは犬歯をむき出しにして笑んだ。

「私の可愛い妹が、とっっっっってもお世話になったそうだから、そのお礼をしに来たわ」

「あ……ひぃ！」

お世話。お礼。

どちらも恐ろしい言葉ではないが、ルビィを婚約破棄したウィルマは正しくその言葉の奥にある真意を理解した。

（逃げ――いや、出口はあいつの後ろだ）

一つしかない出入り口はクリスタの後ろ。窓から飛び降りるなんてこともできない。抵抗するなんてもっての外だ。

（どうするどうするどうする⁉）

突然の危機に混乱するウィルマなどお構いなしに、クリスタは一足飛びで距離を詰める。

「聖女パンチ」

「ぷべ⁉」

ウィルマは真後ろに吹き飛び、ベッド脇の机に激突して派手な音を立てた。

「殺しはしないから安心して。けど、痛い目には遭ってもらう」

「ま――待てぇ！」

鼻血を噴き出しながら、ウィルマはクリスタに掌を向けた。

「ななな、何の権利があってこんなことをしている⁉」

「姉」

これ以上ないほど簡潔な単語で、クリスタは答えた。

「私、ルビィの姉。妹、泣いてる。あなた、ぶん殴る。オーケー？」

「なぁにがオーケーだぁ！」

僅かに落ち着きを取り戻したウィルマは立ち上がり、尊大に腕を組んだ。

「こんな報復が許される訳ないだろうが！　憲兵に突き出せば聖女といえど許されんぞ！」

「そうね。ただの婚約破棄なら私も何もしなかったわ」

ただの、というところでクリスタは語気を強めた。

「税収に困り、婚約破棄に見せかけた領土強奪。それを実行するために、ルビィを蔑ろにして傷つけた」

「言いがかりだ！　何の証拠があって」

「証拠はないわ」

――証拠はない。

言質を取って、ウィルマは水を得た魚のように勢いづいた。

「そら見ろ！　罪もない領主を殴ってタダで済むと思うなよ！　この暴力聖女！　憲兵に――」

「証拠はこれから用意するから」

「――突き出して、え？」

クリスタはウィルマに一歩、近付いた。

「あなたが自白すれば万事解決よ」

「え……。え？」

「ま、そうでなくてもこの屋敷を虱潰しに捜せば証拠の一つや二つ、見つかるでしょう。そんなことは後回しにして、まずは」

さらに一歩近づき――指を、ポキリと鳴らした。

「――痛い目に遭ってもらう。話はそれからよ」

「来るな……来るなぁ！」

ウィルマは机の中を漁り、取り出した小さな石をクリスタへと投げつけた。

ただの石ではない。魔法石と呼ばれるものだ。

魔法の力を封じ込めたもので、投げつけると一度だけ特定の魔法を発動することができる。

魔力を持たなくても魔法を発動できるため、護身用から家庭の火おこしまで幅広く使われていた。

クリスタへ放たれた魔法石には、麻痺の魔法が込められている。

しかし【聖鎧】を身に纏う彼女にはもちろん何の効果も発揮しない。

「ど、どうして!?　どうして効かないんだよぉ！」

ウィルマは続けざまに魔法石を投擲してきた。

火傷を起こす魔法。凍傷を起こす魔法。目くらましの魔法。

それらはいずれも一切の効果を発揮せず、無情にも割れて消えていく。

「これが聖女の力よ。気は済んだ？」

「あ……何か、何か何か何か何か何か何か何かないのか⁉」

なおも引き出しを漁るウィルマ。その手が、あるものを掴んだ。

危機があった時に——と、ウィルマの父が聖女ユーフェアの予見と共に契約を結んだものだ。

「こここ、これならどうだぁ！」

引き出しの奥から古ぼけた紙を取り出し、それを足元に叩きつける。

それが何であるのかをクリスタは瞬時に見抜いた。

——というか、見慣れたものだ。

「召喚札？」

離れた場所に居るとある人物を呼び寄せ、守護させるものだ。

呼び出される人物は、クリスタがよく知る仲間だった。

「ふ、ふふ——感謝するよ父上！　こんな切り札を僕に遺してくれたことを！」

空間を飛び越えて『彼女』が姿を現す。

「はいはーい！　聖女ソルベティスト参上ッス！」

気の抜けた声と共に姿を現したのは——小さなシルクハットを被った少女だった。法衣を派手に改造して肌を露出させ、頬には何故か星形の紋様が描かれている。

「……ベティ。あなた何をしているの？」

「あ、先輩。ちーッス」

聖女ソルベティスト。

長いので、親しい人物からは「ベティ」という愛称で呼ばれている。

聖女に先輩後輩という概念は無いが、ソルベティストはクリスタを先輩と呼び慕っていた。

ソルベティストは聖女の力の拡大解釈により、転移の力を得ている。

危ないところから逃げればそれは結果的に【守り】と【癒し】の体現になる——そんなところだ。

召喚札は、ソルベティストの力を応用できないかとクリスタが開発した発明品だ。

結果は失敗。ソルベティストを呼び寄せる信号を送るだけのものしかできなかった。

ソルベティストは緊迫した空気をぶち壊す能天気さで、クリスタへと手を振る。

「召喚札、全部廃棄したって言ってなかったっけ？」

「ただ捨てるのは勿体なくて、副業として利用させてもらってるッス」

召喚札を売りつけ、呼び寄せた者を脅威から助ける——ということをしているらしい。

「そんなことしていたの……バレたら怒られるわよ」

「ま、まあ、それはそれとして！　先輩はどうしてここにいるんスか？」

のんびりとした会話を繰り広げていると、突然、ウィルマが高笑いを始めた。

「は、ははは、はははは！　はーっはっはっはっはッ！」

立ち上がり、クリスタへと指を突きつけた。

「やはり僕は神に愛されている！　目には目を歯には歯を、聖女には聖女を！　さあ、この暴力女を叩きのめせ！」

「いや、無理ッス」

「へ？」

ウィルマにとっては無情とも言えるほどあっさりと、ソルベティストは顔の前で手を横に振った。

「聖女同士の戦闘は御法度《ごはっと》なんスよ。すまないッスねぇ」

聖女同士の争いを禁じる。

もちろんそんなことを知らないウィルマはソルベティストに食ってかかる。

「そ、そんな！　約束が違うぞ！」

「ちゃんと細則にダメな時の事例は書いてありますよ。読んでないッスか？」

「か、金ならいくらでも払う！」

「無理ッス。いくら積まれても先輩とは戦えませんし、戦いたくありません」

「この役立たずが！　何とかしろぉ！」

血と唾を飛ばしながら詰め寄るウィルマに、ソルベティストは飄々《ひょうひょう》とした様子のまま代案を提示する。

「どーしてもというなら、安全な場所まで転移させますけど」

「そ、それだ！　僕を逃がせ！　すぐに！　とっととやれ！」

「先輩、この人なにしたんスか？」

今さらな質問を投げかけられたので、クリスタは細々した点を全て飛ばして簡潔に答えた。

「私の妹を傷つけたのよ」

「あ、じゃあ無理ッス」

「な……！　契約違反だぞ！　僕の命令に従えよ！」

「私が『嫌』って思ったものは、もちろん拒否させてもらうッス。それも細則に書いてありますよ」

「ぴげっ⁉」

ソルベティストは足元にすり寄って来るウィルマを蹴飛ばしてから、舌を出した。

「ルビィちゃんは先輩の妹であり、私の大切な友達でもありますからね――友達を傷つけるやつは、地獄に落ちればいいッス」

事実上の死刑宣告を受け、頭を抱えて喚くウィルマ。

「そ、そんなぁぁぁあ――！　こ、この僕が！　若さと地位と金を兼ね備えた完全無欠のこのウィルマ・セオドーラが、こんな目に遭っていいはずがない！」

「完全無欠かどうかは知らないけれど、あなたは一つだけ間違いを犯したの」

たった一つの間違いを犯さなければ、ウィルマはこれまで通り優雅な生活を続けられていただろう。

領地経営に関しての不正はいつか明るみに出て裁かれたかもしれないが、少なくともクリスタが彼に関わることは無かった。

数々の要因が絡まった末に彼はこれから破滅する訳だが、元を辿れば原因はたった一つだけなのだ。

「そんなものあるわけないだろうが！　僕は完璧だ！　成功を約束されている！　この屋敷で可愛いメイド達をたくさん囲って優雅な生活をぼはぁ⁉」

振りかぶったクリスタの右拳がウィルマの顔面にめり込み、言い訳を呑み込ませた。

「ルビィを傷つけた。ただそれだけよ」

九　おしおき

「をあああ!?　顔が！　僕の顔がぁ！」

「さて。まずは下準備」

「ごぶ!?」

ゴロゴロと転がるウィルマを踏みつけて動きを止めてから、クリスタは彼に掌を向けた。

「ひっ……や、やめろぉー！」

「聖女ヒール・継続」

「おおおお……あ、あれ？」

ウィルマが身を竦ませていると――淡い光が彼の身体を包み、顔の傷がみるみる治っていく。鼓動に合わせて波を打つように苛んでいた痛みも、殴られた痕跡も、綺麗さっぱりと消えた。

「な、治してくれたのか？」

クリスタは何も言わずに、にこりと微笑んだ。

――その表情で、ウィルマは全てを察する。

（そうか！　直前になって僕に惚れたんだな！）

勢いでここまでやって来たものの、ウィルマの顔の良さに見蕩れて攻撃を止め、治療した――そう考えれば辻褄は合う。

そうでもなければ、これからブチのめそうという相手をわざわざ治すなんてことはしないはずだ。女を誑《たぶら》かす顔という自負はあったが、まさかあれほどの敵意をむき出しにする相手にすら作用してしまうとは。

ウィルマは改めて恵まれすぎた自分の容姿に感謝した。

――とんでもなく破綻した理論だったが、自分の顔の良さに自信を持っていたウィルマはそうだと信じて疑わなかった。

(やはり僕は神に愛されている！)

少々痛い目に遭わされたが、美しい女性に対してウィルマはとても寛大だ。尻尾を振ってなびくというのなら、優しくしてやらないことはない。

自信を取り戻したウィルマは立ち上がり、尊大にクリスタへと手を差し伸べた。

「んふふ……。僕に対する数々の無礼、普通なら死罪になるところだが――僕のメイドになるというのなら許してやらんことはないぞ？」

「は。何言ってるの？　気持ち悪い」

「え？　あれ？」

「勘違いしないでね。今のは治療のためのヒールじゃないから」

「――へ？」

「私が全力で殴ったらすぐに原形が崩れちゃうから、その防止策よ」

「え、あ……あの、僕に惚れたんじゃ……？」

「……あなた、どういう脳の構造をしているの？」

呆れ顔を見せるクリスタの後ろでは、ソルベティストが腹を抱えて笑っていた。

「——まあいいわ。傷は治るけど、痛みはそのまま感じるように調整してあるから」

「ま、また殴るつもりか⁉　この僕を！」

「当たり前じゃない。妹が味わった苦しみ、たっぷりと味わいなさい」

クリスタは見蕩れるような笑顔を浮かべ——武道家顔負けに、全身のバネを使って右手を振りかぶった。

「本気聖女パンチ」

「ごっ——」

首がねじ切れるほどの衝撃がウィルマの左頬を襲う！

本気と銘打ったパンチの威力は伊達ではなく、ウィルマはとんでもないスピードで壁に激突した。

隣の部屋まで突き抜けても勢いは死なず、床を削りながら二つ先の部屋でようやく止まる。

「ご、ごふっ、ごぺぇ」

痛みが全身をくまなく支配し、ウィルマはすぐに動くことができなかった。彼は知る由もないが、クリスタが本気と銘打ったパンチを放つのは魔物に対してのみだ。

技の威力に対し、人間は脆すぎるのだ。

そんな技をウィルマにぶつけてきた——彼女の、ウィルマへの怒りの度合いが知れた。

しかし聖女ヒールの力によって、ウィルマの傷は倒れている間に治っていた。

クリスタの拳によって嫌な音がした首も、壁を突き破った時に擦れた細かな傷も。よろめきながら起き上がる頃には綺麗さっぱり無くなっていた。

ただ痛みだけが、絶え間なくウィルマを苛《さいな》み続けている。

（逃げるしかない……！）

ウィルマはまだ諦めていなかった。痛みを堪え、この場から離れる。彼が助かる道はもとよりそれしか残されていなかった。

もちろん、そんな隙をクリスタが与えるはずがないが。

「どこに行くつもり？　まだまだいくわよ」

ウィルマ自身が開けた壁の穴を通り抜け、一直線にクリスタが迫る！

「本気聖女キック」

「こぺ⁉」

走る速度はそのままに、クリスタの足がウィルマの腹に突き刺さった。

身体がくの字に折れ、メイドと一緒に食べた朝食が盛大に宙を舞う。

「ちょっと。服が汚れるじゃない」

クリスタはステップを踏んでそれらを避け、うぇぇ、と眉を寄せる。

「先輩。【聖鎧】してるんだから平気じゃないスか」

「汚れはしないけど、いい気分はしないでしょう？」

「確かにそうッスけど」

後ろをトコトコついてきたソルベティストと呑気な会話を繰り広げつつ、クリスタは床で悶えているウィルマの顔を掴んだ。

「本気聖女アイアンクロー」

「あぎゃあああああ⁉」

そのまま宙吊りの状態にされる。

「いだい！　いだい！　割れるぅぅぅぅぅ！」

「大丈夫よ。割れてもすぐ治るから」

何が大丈夫なのかウィルマにはさっぱり分からなかった。

クリスタの指がこめかみに食い込み、骨が軋み、ひび割れる音が耳の中で反響する。

どうにか離させようと手を攻撃するが、全くビクともしない。

「はふっ」

いきなりこめかみの圧迫から解放されたウィルマ。安堵する間もなく、今度は下から突き上げる拳が彼の顎を捉えた。

「本気聖女アッパー」

「ぉぶ⁉」

鼻先に下唇が当たるというあり得ない感触を味わいながら、天井を突き破って空に舞い上げられる。

「ひ――ひあああああ⁉」

上昇が終わり、落下の恐怖を味わっている間に傷は治っていた。

元いた場所まで落ちてくると、クリスタの踵がウィルマを熱烈に歓迎する。

「本気聖女かかと落とし」

「ぺぼぉ⁉」

先程蹴りを食らったときとは逆方向にくの字になりながら、今度は床を突き抜けて一階にまで落ちた。

その穴を抜け、クリスタも降りてくる。

ウィルマの身体を落下の緩衝材にしつつ、さらに容赦のない攻撃を加える。

「本気聖女プレス」

「おぼぃ⁉」

「……今、重いって言った？」

「言ってません！　言ってません！」

ウィルマの悲鳴に難癖を付けるクリスタ。気にしてはいないが他人から言われると気になってしまう難しい年頃なのだ。

「さて、そろそろ仕上げね」

「ひぃぃ⁉」

尻餅をついたまま後ずさりするウィルマ。されたい放題になっていたが、彼はまだ諦めていなかった。

（どこかに助かる道は無いのか⁉）

聖女を退けられるものはない。ならばせめて、少しでも時間を稼げるものを――目を血走らせながら周囲を見回すと、荷物を持って外に出ようとするメイドと目が合った。

朝食を運んできた後ウィルマに組み敷かれ、ついさっきまで扉の下で伸びていたメイドだ。彼女は特にウィルマが大好きで、いつも大きな胸を挑発的に見せびらかしていた。従順なその態度はウィルマの琴線を刺激しまくっていたので、彼も特に気に入っていた。

彼女なら、ウィルマが一声掛ければ身を挺して助けてくれるだろう。

（なにせ、僕のことが大好きなんだからなぁ！）

ウィルマはメイドを指さし、叫んだ。

「おいっお前！　僕を助けろぉ！」

「……」

しかし当のメイドは、彼が見たこともない冷たい表情で手をぶんぶんと横に振った。

「いや、無理に決まってるだろ」

（え？）

――時が止まった。そう錯覚するほどの衝撃が、ウィルマを駆け抜けた。

（え？？？？？？？？？？？？？？？？？）

普段メイドが見せてくれる表情とのあまりの落差に、ウィルマは口を半開きにして呆けた。

「お、お前の大好きなご主人様が、こんな目に遭ってるんだぞ！」

「私がいつテメーを好きだなんて言ったよ。勘違いも大概にしろ」

メイドは侮蔑に満ちた表情をウィルマに向け、親指と人差し指で輪っかを作った。

「私たちが好きなのは、お前の金だけだ。じゃなきゃ、お前みたいなクソナルシストなんざ相手にする訳ないだろ」

「……」

「う、嘘だ！　──い、いつも僕のテクニックで悦んで」

「演技に決まってるだろ。あとお前、自分で上手いとか言ってるけど、フツーに下手だからな」

「……」

魂が抜ける音を聞いたことがあるだろうか。

ウィルマは人生で、初めてその音を聞いた。

「じゃあ姐さん方、あとはご自由に──あ、そいつが後ろ暗いことをしていた証拠はさっきの部屋の鍵付きの引き出しの中です」

「ありがとう。助かるわ」

あっさりとウィルマを売ったメイドは気さくにクリスタとソルベティストに手を上げ、そそくさと立ち去っていった。

「……」

ウィルマはその場に崩れ落ちたまま放心していた。

身体的な痛みでの限界もあるが、精神的な痛みの方がそれよりも上だった。

ウィルマが集めた、ウィルマのことが大好きなお気に入りのメイド達。

（あいつらがベッドで乱れる姿が、全部、演技だった……？　僕は、ただおだてられて、金を巻き上げられていただけ……？）

真実を悟ったウィルマに、もう抵抗する気は無くなっていた。

「も、もうやめで……ごべんなざい……ごべんなざい」

「もう少し早くそれを言っていたら、今の半分くらいで済ませてあげていたかもしれないのに」

やれやれと肩をすくめながら――クリスタは再び手をかざした。

「【拘束結界】」

「⁉」

ウィルマの四肢が、何もない空中に縫い留められる。

動かそうとしても、びくともしない。

「聖女パンチ――百連」

「ごぼべごぼぼおぼ⁉」

とんでもない力が込められたパンチが連続で繰り出される。結界によってその場から動けないウィルマは後ろに吹き飛ぶことも、倒れることも、気絶することもできなかった。たった一つだけできることは、痛みに耐えることだけ。

一発食らう度に何かが折れ、何かが弾ける音が体内に響く。しかし次のパンチを食らう前に身体

は完治し、残った痛みだけが彼の身体を内側から焦がしていた。

「これで……最後ォ！」

「ぶべぇぇぇぇ⁉」

渾身の一撃と共にクリスタは拘束を解除し、ウィルマは三度《みたび》吹き飛んだ。当然のように壁を突き破り、庭の土をガリガリと盛大に掘り返しながら――十数メートル先で、ようやく止まる。盛り上がった土で上半身が埋まり、下半身と尻だけが突き出ているような格好だ。

（……僕は、何を、どこで間違えたんだろうか）

「あースッキリした。帰りましょうか」

「お疲れ様ッス！　良かったらおウチまで転移しましょうか？」

「そうね。ルビィにも顔を見せてやって頂戴。きっと喜ぶわ」

「わーい」

薄れゆく意識の中、ウィルマは一つの答えを見つけ出した。

――相手を、間違えた。

十　叱られる聖女

王都の外れにある、とある寂れた礼拝堂。

人気のないそこは、聖女たちの間では別の名で呼ばれていた。

聖女の間、と。

聖女は基本的にそれぞれがバラバラで行動している。国の守護を担う存在を一ヶ所に集めるという愚を犯さないためだ。

故に、聖女全員が公の場で集まるのは年に一度の王国誕生祭のみ。

緊急で集まる必要が出た場合は、こうして各地に点在する聖女の間——礼拝堂に扮した廃屋——で隠れて集まることになっている。

クリスタ、エキドナ、ソルベティスト。

三人の聖女が横に並んで正座していた。いや、させられていた。

「なんでアタシまで……」

「私もッスよ。今回は関係ないのに」

「私も。どうして呼び出されたのか全く分からないわ」

ぼやくエキドナとソルベティストに同意するクリスタだったが、両側の二人は同時に「いやいやや」と手を横に振った。

「お前は仕方ないだろ」

「先輩は仕方ないッスよ」

「どうして⁉」

悲鳴を上げるクリスタに、エキドナは指を立てた。

「ウィルマだけをボコったならまだしも、暴れすぎだ」

「それは、つい」

「つい、で領地を潰すなよ……」

ウィルマはルビィを利用した領地乗っ取りの他にも税金の横領などの余罪があった。さらに、それを告発しようとする者達を暴力で抑え付けていたのだ。

クリスタによってすべての罪が明るみに出たウィルマは国外追放となった。

跡取りのいないセオドーラ領は、そのままクリスタの実家であるエレオノーラ領に吸収合併される形になった。

実質的な廃領であり、セオドーラ領はクリスタが潰したも同然だ。

「ルビィをあんな目に遭わせたんだから当然よ」

「そう言い切るところが先輩らしいッスね」

けらけらと笑いながら、ソルベティストは前を向いた。

「その言い分があの人にも通じるといいんスけど」


「揃ったかい」

三人の前に、法衣をかっちりと着込んだ一人の老婆が姿を現した。顔に幾重も刻まれた皺は年を重ねたもの以外の理由で深くなっているように見受けられる。

有り体に言うと、すごく怒っている様子だ。

三人の間にわずかな緊張が走る。

「お久しぶりです、マリア」

——聖女マリア。

当然だが五人の聖女の中では最高齢だ。杖を手放せないほど衰えているはずなのに、その気迫は一切の衰えを見せていない。

自由奔放なクリスタですら彼女の前では大人しくなるというとんでもない女傑だ。

今代の聖女たちは歴代でも個性派揃いと言われている。

妹第一の魔法研究者、クリスタ。

聖女らしからぬ村人、エキドナ。

引きこもりの予見者、ユーフェア。

神出鬼没な道化、ソルベティスト。

偏屈が服を着たような彼女たちが曲がりなりにも聖女の仕事を務められているのは、ひとえにマリアの存在が大きい。

聖女のまとめ役。それが聖女マリアだ。

「で——今回バカな事件を起こした首謀者は誰だい？」

マリアは杖で床を鳴らしながら——説教をするときの彼女の癖だ——三人に問うた。

「クリスタ」

「先輩ッス」

両側に座るエキドナとソルベティストが、我先にとクリスタを指さす。

「クリスタ。何か言い訳は？」

「責められるようなことをした覚えはありまッ⁉」

クリスタが言い終わる前に、マリアの杖が彼女の脳天を打った。いつでも逃げられるよう聖女の力を身に纏っているというのに、マリアにはそれが全く通じない。

【聖鎧】を貫通して響く痛みに、クリスタは頭を押さえてうずくまった。

マリアの怒鳴り声が続けて響く。

「いつかやらかすと思っていたが、やっぱりかい！　聖女の力の私的利用。これが責められないはずがないだろう！」

「い、妹が婚約破棄されたんですよ⁉　これは私的利用なんかじゃ決してないわ！　私は神の代行者として、正義の鉄槌を――」

「たわけ！　お前は研究のやりすぎで常識をどこかに落としてきたのかい！」

涙目になりながら反論するクリスタに、続けて二度、三度と杖で折檻《せっかん》を加える。

「い、痛い痛い！　暴力反対！」

「お前がそれを言うな！」

「な、なんと言われようと私は間違っていないわ！」

「コンの、石頭めぇ！」

ひとしきりクリスタを叩いたのち、マリアは残りの二人に矛先を変えた。

叩きこそしなかったが、杖の先が目の前をかすめ、エキドナとソルベティストの前髪が揺れる。

「アンタらも、どうしてコイツを止めなかったんだい！」

「いや、だって」

「ねえ？」

顔を見合わせ、苦笑するエキドナとソルベティスト。

彼女たちの返答にマリアはこめかみに青筋を立て、床を強く杖で叩いた。

その音でクリスタを含めた三人は、びくり、と肩を震わせる。

「まったく、お前達は……」

マリアはふうぅぅぅぅぅぅぅうと、年齢に似合わない素晴らしい肺活量を見せつけながら嘆息した。

「再確認だ。アンタらは聖女戒律を忘れたワケじゃないだろうね？」

「もちろんです」

「当然」

「ちゃんと覚えてるッスよ」

全員がすぐさま頷く。

クリスタの理論により、今代の聖女たちは新たな力を獲得した。

聖女戒律とは、一歩間違えば人を殺めてしまう力を持ってしまった彼女たちをさらに厳しく縛るため特別に制定されたものだ。

「聖女の力で人を殺めてはならない。聖女同士で争ってはならない。ちゃんと言いつけは守っています」

「そっちは律儀に守っているのに、どうして教会の規則は簡単に破るんだいアンタたちは！」

聖女戒律は教会が定めた公式の規則ではなく、彼女たちの中でのみ共有されている。いわば隠し規則だ。

教会は教会で定めた厳しいルールがある。

法衣の着方から立ち振る舞い、食べて良い食事の内容、睡眠時間、朝の過ごし方、緊急時の優先順位などなど、恐ろしい程に細かく決められている。

それを遵守している聖女は今代ではマリアしかいない。

「そっちは窮屈すぎます」

「そうでスよマリア婆。肉が食べられないなんてあんまりッスよ」

「やかましい。規則は規則。ちゃんと守りな」

反論するクリスタとソルベティストを一喝して黙らせる。

……とはいえ、マリアもこちらに関してはあまり強くは言って来ない。絶対に認めないが、心のどこかでは彼女もおかしいと思っているのかもしれない。

「まあでも、ウィルマはいずれこうなる運命でしたし、それが少し早くなったと考えれば……」

「偶然に救われただけだろう！」

聖女は静かに人々を守る存在。そのイメージを壊すような行為の一切は認められていない。

クリスタの暴走は、それに真っ向から反逆する行為だった。

もし聖女のイメージが損なわれていれば、クリスタへの折檻はこんなものでは済まなかった。

――しかしセオドーラ領の人々が何故かクリスタにとても好意的だったことが幸いし、大事にならずに済んだのだ。

「なんであんなに好意的だったんスかね？」

「きっとみんなルビィの虜になっていて、ウィルマに言いようのない不満が募っていたんだわ」

「いやそれはないだろ」

すかさずツッコミを入れるエキドナ。

「何はともあれ、領地の平和は守られたんです。終わり良ければすべて良し、ではありませんか？」

むしろ自分のしたことは褒められるべきではないだろうか……なんて思うクリスタだったが――。

「たわけぇ！　そういうのは憲兵の仕事だ！　アタシたち聖女の本分を忘れるんじゃないよ！」

そんな言い訳は、マリアには通用しなかった。


結局、クリスタにはマリアの事務仕事を半分手伝うという罰が下された。

「ううぅ……」

実家の執務室で書類に埋もれながらうめくクリスタ。

ちょうど部屋に入ってきたルビィは、その量に目を見開いていた。

「お姉様、どうしたんですか？　この書類の束は」

「ちょっと色々……色々あって、マリアに仕事を頼まれたの」

セオドーラ領を潰した罰を受けた――とは言わない。

それを知ってしまうと、ルビィは確実に自分のせいだと気に病むだろう。

さらに言うなら、クリスタがとんでもない戦闘力を秘めていることをルビィは知らない。

「聖女のお仕事は大変なんですね。私にできることがあったら言ってください」

「ありがと」

ルビィの頭を撫でることで癒し成分を補給するクリスタ。

「そういえば、何か用があったんじゃないの？」

「そうそう。ウィルマ伯爵の領地が潰れた件、ご存じですよね？」

「もちろんよ」

知らない――と言いたいところだが、父が治める領地にこれだけの変化があればその言い訳はむしろ不自然になってしまう。

風の噂で知ってます、という体《てい》を装うクリスタ。

「横領をしていたらしいんですが、私は自分のことに精一杯で全然気が付きませんでした……」

「そんなの、あなたが気に病むことじゃないわ」

自分はウィルマに襲われそうになったり、メイドから嫌がらせを受けていたというのに、ルビィはそれよりも領民のことを思っていた。

本当に優しい子だ。クリスタの口元が自然と緩む。

「そう……でしょうか」

「ええ。それより、次の婚約者はどんな奴なの？」

ルビィには早くも次の縁談が舞い込んでいた。さすが我が妹、と誇らしい気分だったが、あんな出来事があった直後だけに少し心配だ。

「ええと……シルバークロイツ辺境伯です」

「！　へぇ……」

思わぬ大物に、クリスタは思わず声を上げた。

シルバークロイツ辺境伯。

南にある城塞都市の守護者との呼び声高く、その名声はよく耳にしている。

ただ……あの家は武闘派の家系だ。

（大人しいルビィが嫁いでも大丈夫かしら）

まだ正式に婚約は決まっておらず、まずは見合いから……という流れになっている。早めに父に相談して、相手を代えてもらったほうがルビィのためになるのではないか。

思案を巡らせるクリスタの手に、ルビィの手が重ねられた。

「お姉様、心配なさらないでください」

ルビィは手を、ぎゅ、と握りしめて宣言した。

「私なら大丈夫です。もうお姉様にご迷惑はおかけしません」

「……そう」

大人しくて泣いてばかりだったルビィがここまで覚悟を決めているのだ。

クリスタが後ろから口を挟むのも無粋というもの。

「立派になったわね、ルビィ」

成長した妹を嬉しく思うと同時に、クリスタの胸に僅かな寂しさが去来する。

「でも、何かあったら言いなさい。絶対に助けるから」

もし、辺境伯もウィルマのようなクソ野郎だったら。

どれだけ叱られようと、クリスタはもう一度同じことをする。

それが姉としての役目なのだから。

第二章　辺境領に潜む輩を分からせる

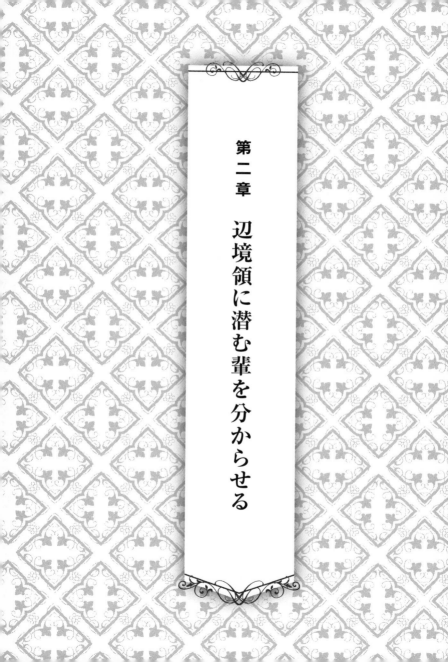

一　見合いに行く妹と付き添う姉

ウィルマとルビィの婚約破棄騒動から一ヶ月後。

クリスタは、愛する妹ルビィと共に馬車の中で揺られていた。

「お姉様見てください！　あれが海ですよね？」

「ええ、そうよ」

「わぁ……！」

初めて見る海に目を輝かせるルビィ。

クリスタは無邪気で今日も可愛い妹に自然と頬を緩ませながら、反対側の窓に目を向けた。

「あっちも見えてきたわね」

「あれが……シルバークロイツ辺境領ですか？」

「ええ。王国唯一の出入り口、なんて言われたりもしているわね」

シルバークロイツはオルグルント王国の南方面を守護する辺境領だ。

辺境領とは、名の如く王国の外縁部を警備する要所だ。中でもこのシルバークロイツは特に重要な拠点となっている。

その理由は地理的な問題が絡んでいる。

「確か、南以外はほとんど出入国が無いんですよね」

「そうね。たまに東から入る商人もいるけれど、大半はここを通るわ」

オルグルント王国は大陸の西の端に位置している。北は大陸を上下に分断する山脈に塞がれていて、西は海が広がり、そして東は魔物がひしめく大陸中央部が近い。

「必然的に、入出国のほとんどはシルバークロイツに集中することになる……でしたよね？」

「よく勉強しているわね。偉いわ」

「えへへ」

クリスタが頭を撫でると、ルビィは嬉しそうに目を細めた。

「シルバークロイツは城塞都市だけど、人の往来が激しいから商売の地としても有名なのよ」

活発な経済活動が行われているため、第二の王都と呼ばれることもある。

その分、出入国までの時間が長いことが欠点として挙げられている。城門の外にはいつも長蛇の列が形成されているため、時間がかかることを嫌う商人は傭兵を雇って東から入国している。

「もう少し国が広ければ良かったんだけどね」

「どうして国土を広げないんですか？　隣国と接地している訳じゃないですし、広げようと思えばできるんじゃ……」

「『極大結界』があるからよ」

「……あ、なるほど」

国土は広げられても『極大結界』は広げられない。

聖女が管理できるのは維持することと、結界の『穴』の調整だけだ。

強力な魔物の多いこの地方でオルグルント王国がここまで繁栄しているのはひとえに『極大結界』の恩恵が大きい。

もしも結界が無かったら——もっとこぢんまりとした国になっていたか、そもそも国として成立しなかったかのどちらかだろう。

「『極大結界』を広げる術はまだ見つかってないのよね」

首の後ろで両手を組みながら、クリスタ。

『極大結界』に関して分かっていることは少ない——というか、分からないことの方が多い。

ただそこにあって、使い方だけが分かる。だから利用させてもらっている——そんなところだ。

翻って、それは聖女に関しても分からないことだらけということになる。

聖女の力は一体誰から与えられているのか。

どのように聖女を選出しているのか。

何故『極大結界』を管理できるのか。

それらを解き明かすこともクリスタの研究の範疇に入っているが——この五年で分かったことは「聖女の力は魔法と同一」ということだけ。

（ま、分からないからこそ面白いんだけど）

これだけ調べ尽くしても解明の糸口すら見つからない不思議な力。

だからこそクリスタはその魅力に取り憑かれているのかもしれない——などと思案しながら、シルバークロイツ領の立派な城壁を視界に収める。

「せっかくお姉様と来られたのに、お仕事だなんて残念ですね」

「仕方ないわ。けど、私もシルバークロイツ卿に用があるし、お見合いには同席させてもらうわ」

眼鏡の向こう側で表情を曇らせるルビィの頭を再び撫でるクリスタ。

今回、ルビィがシルバークロイツ卿の元にやって来たのは見合いのためだ。

前回のウィルマとの反省を踏まえ、まずは婚約前に挨拶を交わして人となりを見たい――と、彼女たちの父はそう申し出たのだ。

貴族の婚姻は政略的なものもあり、互いを知らずに婚約することも少なくない。

見合いなど面倒――そう突っぱねられることを覚悟していたが、シルバークロイツ卿はあっさりとそれを承諾してくれた。

「なんだか申し訳ないですね」

「ん？」

「大丈夫です！　って言ったのに、結局お姉様に頼るような形になっちゃって」

「たまたま仕事が重なっただけよ。だから気にしなくていいわよ」

ルビィは見合いのため、この地にやって来た。

――ではクリスタは、何の為に来たのだろうか。

話は三週間ほど前に遡る。

ルビィから「心配はいりません！」と宣言された翌週。

ウィルマをボコボコにし、セオドーラ領を潰した罰としてマリアから与えられた大量の事務仕事を終えたクリスタは、書類提出のため教会本部に来ていた。

「これはこれはクリスタ様。本日はどのような用向きで？」

大聖堂に入るなり、神官がわらわらとクリスタの元に集まってくる。

「ちょっとマリアに頼まれたものを渡しに来たの」

「そうですか。折角神の御許《みもと》にいらっしゃったのですし、祈りませんか？」

「結構よ。すぐに帰るから」

「……そうですか」

神官の鋭い目をさらりと流す。

聖女は教会に属している。が、それはあくまで形式的なもの。聖女本人が敬虔《けいけん》な信徒である必要はない――のだが、神官達はあれこれと理由を付けてクリスタ達に祈りを強要する。国を守護する聖女の管理者であることをことさらに喧伝《けんでん》したいのだろう。

それを無視するものだから、教会内でのクリスタの評判は最悪だ。魔法研究所で『聖女の力は魔法と同一である』という論文を出そうとしたときには異端審問にかけられ、上層部の人間にこっぴどく叱られた。

結局論文は破棄せざるを得なくなり、数年におよぶクリスタの研究は無いものにされた。

それを恨んでいる訳ではないが……どうも、教会の人間とは反《そ》りが合わない。

理論理屈を重んじるクリスタには、神だ奇跡だとのたまう彼らがどうしても異端に映ってしまうのだ。

それは教会の人間がクリスタをどう感じているのかということでもある。

異端の聖女。それが教会内でのクリスタの評価だ。

「ち……あのメガネ女」

こっそり舌打ちする神官を無視し、クリスタは奥へと歩を進める。

(合わないのなら、無理に構う必要も無いのに)

大聖堂に祭られる神を模した像を見上げ、クリスタはこっそりと嘆息した。

(神様も、私のような不信心者に祈ってもらいたくはないでしょうしね)


すれ違う神官やシスターの視線をちくちくと感じながら、マリアの執務室へと急ぐ。

「失礼します――っと」

ノックしてから扉を開けると、マリアは祈りを捧げている最中だった。

教会に自室を置き、熱心に神へ頭を垂れるその姿は絵に描いたような聖女そのものだ。神官からの信頼も厚く、彼女がいるからこそクリスタ達は教会からの過干渉を避けられている。

クリスタにとっては頼れる仲間であると同時におっかない母親のような存在だ。

祈りが終わるタイミングを見計らい、クリスタは再び声をかける。

「突然の来訪すみません。例の書類が全部できましたので持ってきました」

「……座りな」

杖で指し示されたソファーに腰掛けると、やや遅れてマリアも対面に腰を下ろした。

「確認させてもらうよ」

「どうぞ」

老眼鏡をかけ、静かに書類をめくり始めるマリア。

手持ち無沙汰になったクリスタは、周囲に掛けられた歴代聖女たちの肖像画をなんとなく見回した。

(相変わらず同じね)

眼鏡越しに見える歴代聖女たちの絵は皆、没個性だ。

同じ服装、同じ装飾、同じ表情――どこか能面を被っているようにも見える。一人だけ笑みを浮かべている聖女もいるが、装いはやはり他と同じだ。

「……漏れも抜けもない。嫌みなくらい完璧だよ」

しばらく肖像画を眺めていると、マリアが書類を机に置いた。

細かい文字を見すぎて疲れたのか、手で目元を揉みながら、大きく嘆息する。

「アンタは黙って仕事してりゃ優秀なんだけどねぇ……」

「お褒めに与り光栄です」

「褒めてないよ」

ぴしゃりと言い切られる。マリアが手放しでクリスタを褒めることなどあり得ないのは最初から分かっていたことだ。

マリアは教会に忠誠を誓っているのだから、型に嵌《は》まらないクリスタを嫌って当然だ。

それでも実力はちゃんと認めてくれているのだから、それ以上を求めるのは欲が過ぎるだろう。

「それじゃ、私はこれで」

やることは済んだ。

そそくさと退出しようとすると、肩越しに声が掛けられる。

「そういや、ベティの奴を見なかったかい？」

「……？　いえ」

ソルベティストは転移の能力を持つ。それ故に神出鬼没だ。伝書鳩を送っても、鳩が彼女を見つけられずに戻ってきてしまう。

確実に呼べるのは召喚札だが――あれは処分したと報告しているはずだから、マリアが見つけられないのも無理はない。

「念話紙はどうですか？」

「音沙汰なしさ。またアンタと何か良からぬことを企んでるんじゃないかと思ったんだけど」

「嫌ですねぇ。まるで私が問題児みたいじゃないですか」

「……自覚がないのかい。まあいい」

こめかみを押さえながら、マリアは別の話題を口に出した。

「アンタの妹、次の相手が決まったそうじゃないか」

あまりそういうことに関して興味を示さないマリアにしては耳が早い。

珍しいこともあるものだと、クリスタは誇らしげに胸を張った。

「ええ。さすが我が妹です」

「分かっているとは思うけど、今度暴れたら承知しないよ」

どうやらマリアは、妹について釘を刺したかったようだ。

ウィルマの一件は結果だけ見れば事後処理も含めて全てうまくいった。

不正が明るみに出て、生産が落ち込んでいたセオドーラ領は少しずつ活気を取り戻している。他の領地に対しての見せしめの効果もあったようで、別の領地の税収が何故か増えたりもしたらしい。

それらはすべて憲兵の手柄となっており、クリスタは関わっていないことになっている。

クリスタはウィルマさえブチのめせればそれで良かったので、その措置に関して特に不満はない。

――しかし、教会内はその件で色々と揉めていたらしい。

国を守護する聖女がひとつの領を潰してしまったのだから、当然と言えば当然とも言えるが。

「それはシルバークロイツ卿次第ですね」

「まだ殴られ足りないのかい？」

「私が聖女になった理由はルビィを守るためです」

オルグルント王国が平和であることは、ひいてはルビィの平穏に繋がる。

言い方は悪いが、クリスタにとって妹以外の人間は「ついで」に守っているだけだ。

「全く……聖女の風上にも置けないヤツだね」

「聖女である前に、私はあの子の姉ですから」

「……はぁ」

マリアはクリスタを睨んでいた目元を押さえた。

「そこまで心配なら見合いに付いて行ってやりゃあいいじゃないか」

諦めにも似た感情を含みながら、マリアはそう提案した。

聖女が私的な理由で動くことを嫌う彼女だが、騒動が起こった後に暴れられることの面倒さとを天秤にかけた結果だ。

「そうしたいところですけど……ルビィが『大丈夫』って言った手前、姉としては信じたいじゃないですか」

付いて行きたい気持ちはもちろんある。もし辺境伯がウィルマのようなクソ野郎でも、見合いの段階でクリスタが付いていれば傷は最小限で済む……はずだ。

問題は早めに潰した方が対処しやすい。それは仕事でも婚約でも同じこと。

ルビィはとても純粋に育ってくれたが、純粋すぎて人を疑うことを知らない。ウィルマの一件で少しだけ成長したように見えるが……やはりまだ、姉としては心配だ。

妹を信じたい気持ちと心配する気持ちが相反し、クリスタの胸中はいま、とても揺らいでいる。

せめてルビィに言い訳できるような仕事でもあればいいのだが、そんなものが都合良く転がっているはずもない。

「本っっっっ当に面倒くさいねぇアンタは」

嘆息しながら、マリア。

「とにかく、忠告はしたからね」

「ええ、分かっていますよ」

最後に一礼してから、今度こそクリスタは部屋を後にした。


「おや。こんなところでクリスタ様に出会うとは珍しい」

マリアの私室を出た先で、思わぬ人物と遭遇する。

リンド憲兵長。王国内の警備を担う人物だ。

クリスタの父とほぼ同年代のはずだが、どちらかというと細身の父とは比べようもなく鍛えた肉体を保持している。

「それはこっちの台詞ですよ。リンド様こそどうされたんですか？」

教会と憲兵は昔から仲があまりよろしくない。彼のように友好的に接してくれる個人もいるが、大半は組織の感情に流されるまま互いを憎み合っている。

憲兵が教会本部に来るなど、自ら針のむしろに飛び込むのと同義だ。

「できれば私もあまり来たくはなかったのですが……」

神官たちの冷たい目を避けつつ、リンドは声をひそめる。

「事が事なだけに、念のためユーフェア様の助言を頂こうかと思いまして」

予見の聖女、ユーフェア。

ユーフェア本人は一年中山の上に引きこもっており、降りてくることはほとんどない。

ここにあるのは、ユーフェアと連絡を取るための念話紙だ。

「今度からは魔法研究所に来てください。私が持っている予備をお渡しします」

「それは助かります。この場所に来るだけでも何重にもチェックが入って心が折れそうになりましたので」

苦笑しながら、リンド。

「それで、何があったのですか？　私で良ければお話を伺いますが」

教会を通してユーフェアに助言を求めようとすると、彼が先程言ったように何重ものチェックを抜けなければならない。

逆に言えば、その面倒な手順を踏んででもユーフェアの力を借りたい、ということだ。

他ならぬリンドが困っているのなら力になりたい。

何度か助けてもらったことのあるクリスタは、恩返しの意味も込めてそう尋ねた。

「……ありがたいのですが、その」

リンドは周辺の視線を気にしている。

嫌われ聖女と憲兵長が、教会本部の奥で立ち話をしている。注目を集めるなと言う方が不自然なくらいだ。

「気が利かなくてすみません。こちらへどうぞ」

クリスタは教会本部にある自分の私室——一応、聖女全員分の部屋は用意されている——へとリンドを誘った。

長らく使っていないためか、やや埃っぽい空気が喉を刺激する。換気のために窓を開けてから、リンドの方に向き直った。

「それで、何があったのですか？」

「……隣国の情勢不安についてはご存じでしょうか？」

「国王が崩御《ほうぎょ》した、ということは耳にしました」

南の平野を挟んだ先にサンバスタという国がある。そこの国王がつい最近、逝去《せいきょ》した。

クリスタが知っているのはそれだけだ。

「実は、次代の王を巡って内乱状態になっているらしいのです」

「ふむ」

どうやら国王は後継者をはっきりと決めることなく逝ったらしい。まだ壮健だったようで、あと十年は自分が国を切り盛りするのだと豪語していたとか。

そんな状態での突然の死に、サンバスタ王国は大混乱に陥っている、とのこと。

「最有力候補の第一王子と第二王子がいがみ合い、彼らに与する組織はそれを止めるどころか後押ししています」

「滅茶苦茶ですね」

「ええ。もはや国の体を成しておりません」

あまりの酷さに、クリスタは軽い目眩を覚えた。

国の上層部がそんな状態なら、その下はさらに酷いことになっているだろう。

犯罪の増加、貧困、疫病……行き着く先は人口の減少、そして国力の衰退だ。

「そういう状態ですので、シルバークロイツ卿から要請があったのですよ。彼には個人的に昔からお世話に――」

「どんな要請があったんですか？」

――シルバークロイツ、という単語に反応し、クリスタは目の色を変えた。

リンドの言葉を遮り、ずいと前に出る。

「サンバスタ王国の情勢を鑑み、しばらく警備の増員をしたい、と。シルバークロイツはサンバスタに一番近い領ですからね」

「そうですか」

「シルバークロイツ卿は一騎当千の猛者を所望しておられましたが、恥ずかしながら私の部下にそんな者は居ません……そこで、せめてもの穴埋めにとユーフェア様の助言を添えようかと思いまして」

「なるほど」

「おっと。少し長く話しすぎてしまいましたね。それでは私はこれで」

懐中時計を確認したリンドは一礼し、足早に部屋を出ようとする。

「お待ちください」

――その肩を、クリスタの手が、がし、と掴んだ。

自分を親指で指しながら、彼女は不敵に笑う。

「とてつもなく暇を持て余している奴がここに居るんですが、もし良ければ――」

――その後、クリスタはすぐさま実家に戻り、ルビィに事情を話して旅に同行することにした。

本来は憲兵が行くはずだった仕事を横取りした形だ。なのでリンドには他言無用と念を押されている。

もちろん口外するつもりなんてない。

手柄も要らない。

クリスタが欲しいのは「シルバークロイツに付いていくための仕事」そのものなのだから。

ただ付いていくだけではない。

業務内容にはルビィの見合い相手であるシルバークロイツ卿と面会し、領内の様子を聞くという項目も含まれている。

つまり――相手がルビィに相応しい人物かも見極められる、ということだ。

(リンド憲兵長には改めてお礼をしないとね)

重厚なシルバークロイツの城門を通り過ぎ、クリスタは顔を上げた。

二　シルバークロイツの若き領主

「人がたくさんですね。王都みたい！」

街行く人々を興味津々で眺めるルビィ。

実家であるエレオノーラ領はどちらかと言うとのどかで人が少ないので、これほど人が集まる場面を見ることはそうそうない。

王都に移り住みはじめた頃のクリスタも、人の多さに慣れるまでしばらく時間がかかったことを思い出す。

クリスタもシルバークロイツ辺境領に来た経験は数えるほどしかない。

辺境領の中では王都から最も離れているため、何か用でも無い限りはなかなか足が向かないのだ。

「……」

馬車の窓から見える街並みは変わらず、とても活気に満ち溢れていた。

見たところ、不穏そうな気配はない。

隣国の情勢など気にも留めていない様子の人々を見て、少しだけ安堵する。

(リンド憲兵長の依頼は何事もなく終われそうね)

「お姉様?」

「ごめんなさい。少し考え事をしていたの」

隣国の情勢不安について、ルビィには話していない。まだ具体的に危険が及ぶと確定した訳ではないし、無駄に不安を煽ることはしたくない。

「何を考えていたんですか?」

咄嗟にクリスタは、シルバークロイツにまつわる逸話を口に出した。

「シルバークロイツの露店は混沌を内包している、っていう話があるのは知ってる？」

「こんとん？」

「それくらい色々なモノが売り出されている、ということよ」

他国に近いというのは何も悪いことばかりではない。国内ではなかなかお目にかかれない珍しい代物に出会えたりすることがある。

クリスタも過去に訪れた際、王都で金貨数枚は下らない魔法の触媒をタダみたいな金額で買えたことがある。

「ここの露店で昔、面白い掘り出し物を見つけたことがあったの。未来を覗き見ることができる鏡なんだけど」

「それって……ユーフェアちゃんと同じ力があるんですか？」

「実際にはただの鏡だったんだけど、ユーフェアはすごく焦っていたわ。『私の存在意義が……なくなるぅ！』とか、大騒ぎしてね」

「ふふ……見たかったです」

何をするにも無表情なユーフェアが慌てる姿は——彼女本人には申し訳ないが——とても可愛かったことを思い出し、クリスタは微笑んだ。

「そういえばもう半年以上会っていないわね」

ユーフェアとクリスタは定期的に連絡を取り合う仲ではあるが、本人と顔を合わせることは滅多に無い。

最年少の聖女ということもあり、クリスタはユーフェアを第二の妹のように思っていた。

「私も久しぶりに会いたいです」

「今度家に招待してみるわ」

マリアを除き、他の聖女達はルビィとも仲が良い。

全員を集めて茶会を開きたいところだが、聖女である限り全員が集まることはできない。

なんとも言えないもどかしさを覚えるクリスタだった。

街中の様子を実際に見て回りたかったが、馬車から眺める程度に留めておいた。

まずはシルバークロイツ卿と会い、ルビィに相応しい相手かを見極め――

(――じゃなかった、領内の状況を聞かないと)


領主の屋敷は想像していたものよりも随分こぢんまりとしていた。

ウィルマの屋敷の方が大きいくらいだ。

あれはウィルマが分不相応なだけだったが、仮にもここは国内最大の辺境領。ここととウィルマの屋敷の大きさを入れ替えれば互いに丁度良くなるほどだ。

「節約家なのかしら……だったら加点一ね」

「お姉様、何を言っているのですか?」

「いいえ、何でもないわ」

馬車を降りるルビィに手を貸しながら、クリスタ。

ルビィは少しふらついていた。慣れない長距離を移動して疲れているのだろう。

こういう時、ソルベティストの転移がいかに偉大かを認識する。

あの能力を魔法石に封じる装置を開発できれば、人々の移動はもっと楽になる——そんな構想はあるものの、前途は多難だ。

「お待ちしておりました。ルビィ・エレオノーラ様。クリスタ・エレオノーラ様。私は領主様にお仕えするジーノと申します」

シルバークロイツ卿の屋敷に入るなり、燕尾服をかっちり着込んだ老執事が出迎えてくれた。

恭しく頭を下げられ、クリスタはそこそこに、ルビィは深々と頭を下げる。

「リンド様よりお話は伺っております。そちらの用件を先に致しましょうか？」

「いえ、見合いを優先してください。彼女は妹なので同席させてもらいますが、構いませんか？」

「ええ、もちろん」

柔和に微笑んでから、ジーノは屋敷の中に続く道を示した。

「ご案内致します。こちらへどうぞ」

「は、はい。よろしくお願いします」

ルビィは緊張と期待の入り交じった表情でジーノの後に付いて行く。

「……お姉様？」

「いいえ、何でもないわ。行きましょう」

クリスタは止めていた足を動かしながら、心の中のメモに一文を書き記す。

（――ルビィを出迎えに来ない。減点一）

「アラン様。ルビィ様とクリスタ様をお連れいたしました」

「入れ」

ジーノに案内された先で彼が扉を開くと、中央のソファーで仰々しく足を組んでいた男が目に入った。

「来たか」

アラン・シルバークロイツ。彼こそがこの地を治める辺境伯だ。

茶色い髪と、この地方では珍しい白い肌をした中肉中背の男で、年齢はまだ二十の半ば。高齢に差し掛かった前領主から交代して間もないというのは風の噂で聞いていたが、それにしても若い。

（リンド憲兵長がお世話になっていたのは前領主ってことね）

年齢から鑑みるに、そう考えるのが自然だろう。リンドのシルバークロイツ卿への話し方は、明らかに年上に向けるものだった。

「ん、そっちのメガネ女は誰だ？」

「クリスタ・エレオノーラ様です。ルビィ様とは姉妹であるため、見合いに同席したいと。例のお話はその後に」

ルビィがいる手前、詳細は濁しながら、ジーノ。

「ふん。不要だというのに……」

どうやら応援を要請したのは引退したはずの前領主のようだ。

（……応援を呼びたくなる気持ちは分かるわね）

情勢の悪い隣国と、領主が交代したばかりの辺境領。「念には念を入れよ」と考えるのは自然なことだろう。

まあ要するに、アランでは心許ない、ということだ。それが彼は気に食わないらしく、クリスタに苛立たしげな視線を向ける。

「女。そこに座れ」

アランは顎で正面のソファーを指した。

（仮にも見合い相手に何よその態度は。減点二よ）

心のメモに新たに書き留めながら、二人で並んで腰を下ろす。

ルビィはそれでも背筋を伸ばし、屋敷で何度も練習していたセリフを口に出す。

「こ、今回はお招きいただき、ありがとうございます」

「何を言っている。『婚約前に会う』はお前の父が出した条件だろうが」

『婚姻前に顔合わせをする』は確かにルビィの父が出した条件だったが、事前に承諾は得ていた。嫌なら名乗りを上げなければよかったのに――そんな言葉を喉の奥に押し込みつつ、『減点三』を胸中のメモに書き加えるクリスタ。

「俺に条件を付けるとは、内地の女は偉いものだな」

「え……と。お気に障ったのなら申し訳ありません」

鼻を鳴らし、ソファーにふんぞり返るアラン。

減点をさらに増やしつつ、萎縮してしまったルビィに代わりクリスタが口を挟んだ。

「条件を受け入れた上で婚約を受けてくださったのでは？」

「今回も父上が勝手に組んだことだ。文句があるならとっとと帰ってもらってもいいんだぞ」

……どうやら、今回の申し出は前領主によるもののようだ。

アランの年齢は二十半ば。貴族ならば「結婚しろ」とせっつかれても文句は言えない年齢だ。

――まあ貴族だろうと結婚観は様々なので、まだ時期では無いと思うのならそれは自由だ。

そんなことはどうでもいい。

（ルビィに対してなんて口の利き方なの。減点六！）

こんな相手の下にルビィは嫁がせられない――そう考えるクリスタを、ルビィの小さな手が押し止めた。

クリスタが顔を見やると、ルビィは静かに首を振ってから、彼に向かって微笑みかける。

「そういう訳には参りません。まだお互い出会ったばかりなのですから、もう少しお話ししませんか？」

（……そうだったわ。これはルビィの見合いで、私はただの付き添い）

今回の主役はあくまでルビィだ。彼女を差し置いて自分が勝手に話を進める訳にはいかない。

そのことをすっかり失念してしまっていた。

（アランも急に婚約を決められて、しかもその相手がこんなに可愛い子だからきっと照れているのよ）

クリスタは、先程のアランの態度を最大限好意的に解釈することにした。

「……そうだな」

アランはルビィの上から下までをじろりと見てから、ふむ、と考え込む仕草をした。

「お前」

「は、はい」

「俺の妻にしてやるが、常に俺を立てろ」

「……え？」

首を傾げるルビィ。

何を言われているのか分からなかったようだが――クリスタも分からなかった。

「物分かりが悪い女だ。まあ、変に知恵を付けているよりはいい」

自分勝手なことを言いつつ、アランは指を順番に立てていった。

「俺の二歩後ろを常に歩け。俺の前に出るな。俺より先に寝るな。俺より後に起きるな。俺の望みをすべて受け入れ、俺をより輝かせる踏み台になれ。たかが伯爵令嬢ごときが辺境伯シルバークロイツの妻になれるんだ。それくらいは当然だろう？」

（は？）

クリスタの頭の中で、何かがピキリと音を立てた。

「え……えと……」

アランの突然の宣言に、ルビィはしばらく目を瞬《しばた》かせていた。どんな返事をすれば正解なのか――ありもしない答えを求め、可愛らしい目をぐるぐると回す。

「ルビィ。少しだけ、ごめんなさいね」

「お姉様」

（付いて来て良かった）

心底そう思いながら、クリスタはルビィの前に出た。

彼は、アランは――減点百だ。

「随分と面白いこと言うのね、あなた」

「俺はいまそいつと話している。付き添い人が出しゃばるな」

「問題のない人なら出しゃばる気なんてなかったわよ。けどそんな考え方の人のところに妹は行かせられないわ」

ルビィを庇うように片方の腕を広げるクリスタ。

アランはやれやれと首を振る。

「女は男に劣る生物だ。男のご機嫌を窺い、男を立てるのが当然だろうが」

「……いつの時代の人間なのよ、あなた」

確かに貴族や商人は継承権を男子に優先させているが、それはあくまで社会の構造の話で、人間の一面でしかない。すべてにおいて男が女よりも優れている……などという話では決してない。

かつてこの国にも男尊女卑の考え方が横行していた時代があった。

当時は魔法が発達していなかったことから、魔物への対抗策は単純な腕力任せだった。そのため、「筋力に優れている男の方が偉い」とされていた。

しかし今は魔法がある。性別の違いなどもはや大した差ではない。

事実、男尊女卑を王都で言おうものなら逆に笑われてしまうくらいには古い考え方だ。なのにアランは、未だに男の方が優れていると信じているようだ。

「私の知らない間に時間を操作する魔法を完成させていたの？　でなければあなたの古い考え方の説明がつかないわ」

「俺が古いだと……？」

アランの眉間に皺が寄る。彼はよく見なくとも整った顔立ちをしており、どんな仕草でもある種の華やかさを纏っている。

しかし、魅力は一ミリも感じなかった。仮に惚れていたとしても、あんなことを言われれば一発で冷めてしまうだろう。

「田舎の伯爵令嬢は自分を男と同列だと勘違いする者が多いと聞く」

「いや、勘違いしているのは――」

「それもこれも――お前たち聖女のせいだ」

「あなたの方……へ？」

思わぬ飛び火に、クリスタは目を瞬いた。

用意していた反論がどこかに飛んでいき、代わりに純粋な疑問が口をついて出る。

「えっと。聖女と男尊女卑にどんな関係が……？」

アランは拳を握り、クリスタに力説する。

「聖女は結界で魔物から王国を守護している――と、思われている」

「……うん、続けて？」

現在進行形で魔物からの侵攻を防いでいる当の本人は、何とも言えずにとりあえず続きを促した。

「しかしそれはまやかしだ。国境線で暮らしていれば分かる、魔物の侵攻は防げていない」

『極大結界』は完璧ではない。一部には穴が開いており、そこから魔物はオルグルント王国へ侵入できてしまう。

しかし、それはあえて開けている穴だ。

理由はいくつかある。

侵入経路を明確にすることで人員を集中させるため。

傭兵たちへ仕事を安定的に供給するため。

彼らを囮とし、辺境領に魔物が行かないようにするため。

そして定期的に応援に行くことで、聖女の威光を知らしめるため。

さらに付け加えるなら、他国との関係もある。

魔物の討伐は大陸全ての国が背負うべき課題だ。そんな中で、オルグルント王国だけ結界で魔物を弾いていたら、他国からはどう見えるだろうか。

『他国に魔物を押し付け、自分たちだけ魔物の脅威を遠ざけている』

——などと文句を言われないために、魔物の一定数は自国で間引かなければならないのだ。

そういった諸々の理由から、『極大結界』はあえて魔物が入れる隙間を作り、不完全な状態にしている。

「聖女に国を守護する力などない！」

アランは大仰に腕を振り、そう断言した。

仮にも辺境領の領主であれば、聖女の職務については理解していると思っていたが……。

（ウィルマといい、理解されない仕事って辛いわね）

こっそりとクリスタは嘆息した。

「聖女など、女の地位向上を画策した教会が作り出した人気取りの偶像に過ぎん！　お前らが王都で幅を利かせているから、勘違いする女が増えるんだ！」

「……はぁ」

もはや口論する気も削がれ、クリスタは生返事をする。

持論を展開し熱に浮かされたアランには、それが自分の意見に賛同していると見えたようだ。

「ようやく理解したか？　肝に銘じておくがいい——聖女は国の守護者などではなく、結界などというまやかしで人々を騙す詐欺師だということを！」

……もしやシルバークロイツでは代々こんな思想を継承しているのだろうか。

聖女を詐欺師呼ばわりするのは構わないが、その根底が男尊女卑であれば捨て置くことはできない。

警備の話はリンドの顔に泥を塗りたくないので受けるしかないが、ルビィとの婚約話は当然なしだ。

（ルビィをこんなところへは嫁がせられないわ）

クリスタは早々に見切りをつけ、見合いを中断しようとした。

そのとき。

「俺はこのシルバークロイツ領をかつて男が輝いていた時代に――ん？」

身振り手振りまで加え始めたアランの前に、小さな影が出た。

ルビィだ。

「なんだお前。女は黙って男の話に的確な相槌を――」

「――ッ！」

ルビィはそのまま手を振りかざし、アランの頬を張った。

三　妹の逆鱗

ぺちん、と気のない音が鳴った。

ルビィは戦いの基礎訓練すらしたことのない細腕だ。ある程度鍛えているであろうアランに痛みはほとんどない。

しかしこれまで大人しかったルビィが頬を張ったという事実がよほど衝撃的だったらしい。

アランはたたらを踏んで後退し、尻餅をついた。

「……は、え？」

呆けた表情のアラン。

まさか、ルビィが手を上げるとは微塵も考えてなかったのだろう。

それはクリスタも同じだった。

妹の突然の行動に目を丸くする。

「お姉様を侮辱しないでください」

先程までの怯えた表情は鳴りをひそめ、ルビィは強い目線でアランを睨み付けた。

「この国が豊かに暮らせているのは、これまでの聖女様たちのたゆまぬ力添えによるもの——そして、それを今この瞬間も維持している現聖女——お姉様たちのおかげです。聖女への敬意も払えないなんて、そんな人のところには嫁げません！」

ルビィは頬を上気させ、身体の端々を震えさせている。

それはアランへの恐れではなく……純粋な怒りによるものだ。

「ルビィ……」

ここまで怒りを露わにするルビィを見るのは、これで二回目だ。

一度目は——もう十年以上も前のことになる。

▼▼▼

その昔、クリスタは同年代から異物扱いされていた。

ぬいぐるみや宝石、洋服。少女なら目を輝かせるものに一切の興味を示さない。

本を読み、問題を解く。

機械を分解し、その構造を調べる。

魔法を観察し、その原理を推察する。

そういったことにしか興味を示さなかった。

エレオノーラ領では天才と持て囃《はや》されたが、外に出ればただの変人だ。

特に社交の場では全く馴染めなかった。

ダンスの申し込みはされるものの、クリスタの興味はそこにはなかった。

「あの、良ければ僕とダンスを――」

「いえ、忙しいので」

「え……えと。なにをされているのですか？」

「あれ」

ダンスを誘ってきた少年の方を見ることなく、クリスタは天井を指さした。

彼女の視線の先には、部屋を照らす魔法の光があった。

「……明かりがどうかしたんですか？」

「どういう原理で光っているのか。それが気になって」

「……はぁ？」

途端に貴族の少年は眉をひそめた。

「ちょっと可愛いから声かけたのに……変なヤツ！」

「……」

社交の場に行くこと自体は好きだった。エレオノーラ領にはない不思議な道具がたくさんあり、それを観察するのがとても楽しい。

しかし、たくさん声をかけられる事は好きではなかった。

頼んでもいないのに誘われ、何をしているのかを正直に答えれば変だのと言われ放題。

あまりにも声をかけられるので、クリスタは分厚いメガネをかけるようにした。

それからダンスの誘いはピタリと止んだが、彼女を嘲笑する声は増えた。

——変人クリスタ。

それが社交界での彼女のあだ名だった。

「はぁ」

「おねーさま、おかえりなさい」

実家に帰ると、妹のルビィが出迎えてくれた。

大して可愛がった記憶はないが、ルビィは何故かクリスタにべったりだった。

「ただいま、ルビィ」

「んふふ」

ルビィの頭を適当に撫でると、彼女は嬉しそうにはにかんだ。

万人を虜にする笑顔も、クリスタの心には響かない。

（……きっと、私には人の心が無いのね）

諦めにも似た感情で、クリスタは自分のことをそのように分析していた。

「おねーさま、今日はおねーさまと一緒のベッドで寝てもいいですか？」

「ご自由にどうぞ」

「わーい！　眠るまでお話ししてくれますか？」

「……あまり面白い話はできないけれど」

クリスタができる話と言えば、魔法に関するものしかない。それも起源の考察や属性の分布など、およそルビィが理解できるものはない。

それでもルビィは喜んでいた。

「そんなことはありません！　おねーさまのお話は、全部おもしろいです」

「……そう」

何がそんなに嬉しいのだろう。

この時のクリスタにはそれが分からなかった。


それから一年が経ち、ルビィも社交デビューの日がやってきた。

人見知りなルビィはとても緊張しており、クリスタを掴む手はいつも以上に力が入っていた。

「これは可愛らしいお嬢さん——って、お前の連れか」

ルビィをダンスに誘おうとした少年は、クリスタを見るや否や態度を豹変させた。

いつぞやの、クリスタを変人呼ばわりしたあの少年だ。

「ダサいメガネなんてして何のつもりだ？　ここは貴族が交流する場だぞ。その気が無いのなら自分の領に引っ込んでろよ」

「……ルビィ。行くわよ」

だったら自分のことなど捨て置けばいいのに、彼は事あるごとに声をかけてくる。

訳が分からないので、クリスタは無視して妹を別の場所に誘導しようとする。

「……ルビィ？」

ルビィはクリスタの手から離れ——少年に向かって手を振り上げた。

——ぺちん、と気の抜けた音がする。

「おねーさまにひどいことを言わないで！」

目に涙をため、ルビィは少年に向かって怒鳴った。

「——」

クリスタの心の中で、何かが音を立てた。

それはまるで氷がひび割れた時のような、実に小気味よい音だった。


——結局、ルビィの社交デビューは失敗に終わった。少年に怒った後、パーティーが終わるまでずっと泣きながら怒っていた。

帰る頃には涙は引っ込んでいたが、寝る直前になってもまだ怒りは収まっていないようだ。

「おねーさまはすごいのに……！」

「もういいわよ。さあ、寝ましょう」

「……はい」

手を広げると、ルビィはクリスタの腕の中にすっぽりと収まった。

柔らかい髪の毛を撫でていると――いつも感じなかった温かさを感じる。

――ルビィが少年を怒ったとき、クリスタは自分の心の変化に戸惑っていた。

嬉しかったのだ。

自分の為に怒ってくれたことが。

自分の為に泣いてくれたことが。

一度自覚すると、心の中に張っていた氷が溶けていく感覚があった。

ルビィに触れると、自然と顔が綻んだ。

（これが……人の心のぬくもり）

それを理解した瞬間、クリスタは悟った。

どうして今まで気付かなかったのだろうと、自分の愚かさに思わず噴き出してしまうほど当然で明瞭な答え。

ルビィは、世界で一番可愛い妹だということを。

▼▼▼

ルビィの怒り方は、あの時と全く同じだった。

彼女の怒りの源泉が『聖女を、姉を侮辱されたこと』だということに、言いようのない嬉しさがこみ上げる。

「お姉様のすごさをちゃんと理解してから出直してきてください！　このあほ！　ばか！　ええと、ええと……あんぽんたん！」

ルビィは言い慣れていないであろう罵倒の言葉を、思いつく限りぶつけていく。

ぽかんと口を開いて間抜けな表情を晒していたアランだったが――みるみるうちに表情を歪ませ、ルビィに手を上げる。

「き……貴様あああぁ！」

「きゃあ！」

「ッ、ルビィ！」

呆けていたクリスタは、反応が一拍遅れてしまった。

その一瞬が取り返しのつかない事態を引き起こす。

アランが、自分がされたようにルビィの頬を張ったのだ。

細身の彼女にそれを受け止められるはずもなく、ルビィは床を滑った。

急いで抱き起こし、癒しの力で治療する。

「聖女ヒール」

痛みで気絶しているだけで、大事はなさそうだ。

「聖女ヒール、聖女ヒール、聖女ヒール」

それでも念には念を入れ、何度もヒールをかけ直す。

「……あなた。ちょっと度が過ぎるんじゃないかしら」

「う、うるさい！　さっきから付添人が出しゃばりやがって！」

唾を飛ばすアランの行く手を、一人の老人が塞ぐ。

これまで静かに成り行きを見守っていた老執事、ジーノだ。

「アラン様。これ以上はおやめください！」

「ええい、止めるなジーノ！」

「歴史あるシルバークロイツの名を、何よりお父上の顔に泥を塗る行為ですぞ！」

「――ぐ」

ジーノの言葉に、アランは勢いを止めた……かに見えたが、すぐに不敵な笑みを再び顔に浮かび上がらせる。

「ならばこの地のルールに則って解決するぞ」

「この地の、ルール？」

「ここはシルバークロイツ。強い者が正義だ。この俺と一騎打ちし、負けた方は勝った方の意見を呑む――どうだ？」

アランの提案に、クリスタは握り締めた右拳を左の掌に、ぱん、と叩きつけた。

「手っ取り早くていいわね。その話、乗った」

「ふん。思い上がったその性根を叩き直してやる」

「アラン様……！　このようなことは」

「うるさい！　今の領主はこの俺だ！」

ジーノの制止を振り切り、アランは身を翻した。

付いてこい、ということらしい。

「クリスタ様、今回の件は正式に謝罪させていただきます。どうか賢明なご判断を」

「すみません、無理です」

クリスタは眼鏡を外し、アランの背中を睨んだ。

「あいつをブン殴らないと収まりそうにありません」

四　姉の逆鱗

辿り着いた先は訓練所らしき開けた場所だった。

端の一角には様々な種類の武器が置いてあり、アランはその中から一本の剣を取り出した。

訓練用の物なのでもちろん刃は潰してあるが、それでも頑丈な鉄の塊だ。当たれば無事では済まない。

「勝利条件は三つ。相手を気絶させる、相手に『参った』と言わせる、審判が『そこまで』と言う。それ以外はずっと戦い続けることになる」

「ええ」

アランは模擬剣の切っ先をこちらに向け、

「この俺に対する侮辱の数々は度《ど》し難《がた》いが、恐れずに勝負を受けたことだけは褒めてやろう」

「誰が誰を恐れるですって？」

「ふん。その強がりがいつまで持つか見物だな」

そう吐き捨てる。

「ハンデとして、自前の武器の使用を許可する。何か持っているのか？」

「ええ。あるわ」

クリスタは拳を握り、それを顔の高さまで掲げた。

「……ハッ」

捨て身と思われたのか、アランは失笑したのち——指で地面を指し示した。

「いま地面に頭をつけて謝るなら、許してやらんこともないが……どうする？」

「そのセリフ、そっくりそのままお返し……いえ、ちょっとだけ変えさせてもらうわ」

「なに？」

息を吐き。

重心を落とし。

自然と戦闘態勢に移行しながら、クリスタは床に指を向けた。

「いま地面に頭をつけて謝るなら、十発だけで済ませてあげるけれど……どうする？」

「……ッ、どこまでも思い上がった女めぇ！　ジーノ、開始の合図だ！」

審判役として連れてきたジーノはあくまでも冷静なまま、アランに問い返す。

「アラン様、本当に宜しいのですな？」

「ここまで来て何を言っている！　さっさと合図しろ！」

「……。では、始めッ！」

合図と共に、アランは真っ直ぐにクリスタの元へ駆けた。愚直であるが、それ故に速い。

一朝一夕では身に付かない身体能力だ。

「食らぇぇぇええ！」

斜めから振り下ろされた一撃を、クリスタは横に身体を反らすことで避ける。

「甘い！　そっちはフェイント！　本命の一撃はこっちだ！」

一撃目をわざと避けさせ、体勢を崩したところに返す剣が胴体を打つ。

振り下ろした剣が、地面に到達する前に再びクリスタへと襲いかかってきた。

クリスタは慌てることなく、剣先に手を触れた。

「【武器破壊】」

「これで終わりだぁ――――！　え？」

「教科書通りのやり方ね。もっと捻らないと実戦では当たらないわよ」

今の攻撃は知らない相手には有効な方法だが、知っていれば看破は難しくない。

一撃目の踏み込みが甘いとか、振り下ろしが遅いとか——事前に察知できるポイントがいくつもあるのだ。

クリスタはそれをよく知っていた。

——そして、二撃目を避けられると無防備になってしまうことも。

【武器破壊】により、アランは剣を空振りし、クリスタの前でがら空きの胴体を差し出すような格好になっていた。

そこに狙いを定める。

「聖女パンチ」

「おごぉ⁉」

繰り出された拳は、アランの身体へいとも簡単にめり込んだ。柄だけになった剣を取り落とし、青ざめた顔で浅く呼吸を繰り返しながら両膝をついた。

それを見逃すクリスタではない。

「いい位置に頭があるわね。これは蹴ってほしいってこと？」

「こひゅ、ま、待——」

「聖女キック」

何か聞こえた気がするが、クリスタは無視した。

まだアランの『参った』も、審判の『そこまで』も聞こえないからだ。

気絶しない程度に絞った力で蹴りを叩き込む。

「おぼぁっはぁああ⁉」

一度地面をバウンドしてから、アランの身体が訓練所の壁に激突する。

その際、衝撃を和らげるために立てかけられた緩衝材が派手に吹き飛んだ。

「ごげえぇぇ！」

アランは顔を押さえてもんどり打っている。

気絶はしていないし、『参った』もない。当然、『そこまで』も。

「戦闘継続ね」

「待てぇー！」

「待たないわ。勝利条件を満たすまで戦闘を続けなくちゃ」

「ジーノ！　一旦止めろぉ！」

アランはジーノへと命令を飛ばす。

領主を尊重して従うかと思われたが……ジーノは髭を撫でながら、いえいえ、とアランの申し出を拒否した。

「規則に則り決闘は開始されました。いくらアラン様のご命令とはいえ、これを中断することはシルバークロイツの歴史に泥を塗る行為です。勇猛果敢にご健闘くださいませ」

「き……貴様ぁぁぁ！　この俺を裏切る気かぁ⁉」

「これはアラン様から始められた決闘です。どうかご理解ください」

意に従わないジーノに代わり、クリスタが解決案を提示する。

「『参った』と言ってルビィに謝れば止めてあげるけど、どうする？」

今の攻防で実力差が分からないほどアランは馬鹿ではないはずだ。

素直に応じるかと思ったが……負け、という単語に彼は過剰反応し、気丈にも新たな武器を手に取った。

「だ、誰も『参った』とは言っていないだろう！　俺はただ、待てと言っただけだ！」

「そう。じゃあ十分に待ったし、続けるわね？」

「え、ちょ……っ」

今度はクリスタの方から攻撃を仕掛ける。

反射的に防御行動を取るアランだが、もちろん無駄だ。

新しい武器を出されてはそれを破壊し、殴る。

「【武器破壊】&聖女パンチ」

逃げるアランを追い詰めては、蹴る。

「ほげぇー!?」

右に左にと殴る蹴るを繰り返すこと、およそ三分。

「げふぅー!?」

顔をボコボコに腫らしたアランが、ようやくその言葉を口にする。

「ま……参った！　参りました！　ごべんなざい……」

「謝る相手が違うわよ」

「妹にもしっかりと謝る！　だからお願いします……もう、殴らないで……」

「いいわ。約束、破らないでね？」

ルビィが目を覚ましたら謝罪することを約束させ、決闘は幕を閉じた。


「お見事でございました」

ジーノは手袋に包まれた手で音のない拍手を送り、深々と頭を下げる。

彼が懐のベルを鳴らすと、担架を抱えた使用人が訓練所に入ってきた。

「すぐにアラン様を医務室へ」

「あの、治療なら私が」

度し難い行為をしたアランだが、反省したのならもういい。

あの程度の傷は聖女の力を使えばものの十秒ほどで治る。

しかしジーノは首を振り、アランには聞こえないよう声を潜めた。

「あのままでいさせてください。今回の件は坊ちゃまにとって良い経験となったでしょう」

さっきまで『アラン様』だった呼び方が『坊ちゃま』に変わっていた。

ジーノにとってアランはまだ領主たり得ない……ということだろうか。

「改めて、坊ちゃまの数々のご無礼、誠に申し訳ありませんでした。まだ罰し足りないということであれば、この老骨が代わりにお引き受けいたします」

「いえ、もう結構です」

「婚約の件はこちらで処理させていただきます。エレオノーラ家の恥とならぬように致しますので、ご安心ください」

「わかりました。それよりルビィは」

「用意させていただいた部屋でお休みになっております。まだ目は覚めておられません」

「案内していただけますか？　顔を見たいです」

「ええ。こちらへ」

見合いの件はこれで手打ちにして、クリスタはルビィの元に足を運んだ。


案内された部屋の中で、ルビィはすやすやと眠っていた。

過剰とも言えるほどヒールをかけたので当然だが、傷は無い。

「よかった……」

妹の無事をしつこいくらいに確認し、ようやく安堵の吐息をつくクリスタ。

「例の件は明日に回して本日はこのままお休みされますか？」

ルビィの傍にいたい気持ちはある。

しかしいま休んでしまえばそのぶん帰る日が延びてしまう。

（早く終わらせて、早く帰るほうがいいわよね）

少しだけ後ろ髪を引かれつつ、クリスタは依頼を遂行することにした。

「いいえ。街中の様子を教えていただけますか？」

本来はアランに聞くはずだった内容だが、彼が運ばれたことで聞けなくなってしまった。他に説明できる者はいないだろうかと尋ねると、ジーノは薄く微笑んだ。

「代理人を用意してございます」

随分と用意のいい話に、クリスタは思わず眉をひそめる。

（……まるで私がアランをぶっ飛ばすことを想定していたみたいな感じね）

「こちらへどうぞ」

ジーノに付き従い、広い廊下を歩く。

シルバークロイツ領は平均気温が高く、夏は相当な暑さになるという。風通しを重視した外廊下は王都の貴族邸では見られない建築様式だ。吹き抜ける気持ちの良い風に目を細めていると、前を歩くジーノが口を開いた。

「ときにクリスタ様。聖女とは思えぬ動きをされておりましたが……何か武道を嗜んでおられるのですか？」

「まあ、いくつか齧《かじ》る程度ですが」

クリスタの父は——自分で言うのも何だが——彼女たち姉妹を溺愛していたので、望めば大抵のことは学ばせてもらえた。

武道もその一環だ。

「武器をお使いにならない理由は何かあるのですか？」

理由はいろいろある。

聖女は守護と癒しの象徴。故に、公然と武器を持つことを禁じられている。

所持を許可されても、マリアの杖のように一見すると武器とは思えないものである必要がある。

これも教会が課した『皆が思う聖女像』を守るための規律だ。

規律を守らないことで有名なクリスタだったが、破る必要のないものまで破るつもりはない。

つまり――武器を持つ必要性を感じていないのだ。

「ぶん殴った方が早いでしょ？」

必要のあるもの・納得できるものは意外なほど素直に従う。

逆に筋の通らないもの・納得できないものはとことん拒否する。

それがクリスタだ。

あっけらかんと告げると、ジーノは肩を揺らして見せた。

「なるほど。気が合いそうです」

（……誰と？）

首を傾げるクリスタが案内された先は、先程の訓練所とよく似た開けた場所だった。

その中央には、日に焼けて肌を浅黒く染めた男が、指の力だけで身体を上下させていた。

「旦那様。聖女クリスタ様をお連れしました」

「二百九十八、二百九十九、三百……。おう」

腹の底に響く低音。汗だか闘気だか分からないものを迸らせながら、筋肉の塊が指立て伏せを終えて立ち上がった。

（デカい……）

視線がみるみる上に上がる様子を眺めながら、クリスタは胸中で独りごちた。

クリスタも女性にしては上背が高い方だが、目の前の巨漢はそれを遥かに上回っていた。自分がルビィと同じ身長だったら、上を向きすぎて首が痛くなるのではと心配するほどだ。

「よく来たな聖女よ！　ワシが領主グレゴリオだッ！」

黒く焼けた筋肉達磨が、自分を指しながら無駄に大きい声で自己紹介する。

謎の風圧が発生し、白衣の裾が少しだけ風になびいた。

「え……と。確認したいことがあるのですが」

「強さか？　よし、いざ決闘――」

「じゃなくて。あなたが……領主？」

「おうッ！」

「じゃあ、アランは……？」

「囮だ。敵の油断を引き出すための、な」

グレゴリオはクリスタの倍はある太い腕を組み、神妙な表情を作った。

「敵……というのは？」

リンドから聞いていた話と微妙に違っている。

応援を要請していたのはあくまで警戒のためで、確たる敵はいないはずだ。

「事情はどこまで把握している？」

「サンバスタ王国が内乱状態で、ここの治安が悪くなる可能性がある、ということだけ」

「ならばその先の話をしよう。座ってくれ」

五　見合いの真実

訓練所の真ん中であぐらをかくグレゴリオ。

クリスタもそれに倣《なら》い、床に正座した。

国内随一の規模を誇るシルバークロイツの領主と国の守護者である聖女が地面に腰を下ろして対談するという、なんとも奇妙な場面だった。

しかし、ここにそれを気にする者はいない。

「お主の目から見て、シルバークロイツの街並みはどう見えた？」

「活気に満ちているなぁ、と」

「ふむ、そうか」

「違うんですか？」

「活気がある。その点については相違ない。ただ……敵が潜んでいる」

敵。

その単語を、グレゴリオはまた口にする。

「敵とは、どのような？」

「出自は分からん。ただ……オルグルント王国内の情報を収集している輩がここ最近で急激に増えた」

王国内に敵の諜報員が紛れ込んでいる。

平時であれば特に問題はない。オルグルント王国とて、他国にスパイを送り込んでいるのだから。

他国から注目されるほどに栄えているという証拠でもある。

しかし隣国の情勢と照らし合わせて考えると、それは一転して不吉な兆候に変化する。

「さて聖女よ。どう見る？」

「サンバスタ王国の勢力の一部がここを狙っているか、そうと見せかけて別の勢力が情報を盗み出そうとしているのか……どちらにせよ、見過ごせませんね」

「うむ。だが手段がない」

「？　捕まえるだけでいいのでは……？」

「それができんのだ。追い詰めたと思ったら、雲を掴むように消えてしまう」

何度か追い詰めて捕らえたが、それらはすべて本物を逃がすために用意された偽物だという。

何かあるという存在は感知できており、今この瞬間もオルグルント王国の情報が外に漏れている。

しかし、その尻尾を掴む糸口さえ見えない。

グレゴリオは悔しげに唇を噛んだ。

「これまで様々な計画を立て、敵のあぶり出しを行ってきた……しかし、すべて徒労に終わっている」

検問をこれまで以上に厳しくし、巡回の時間も道順も増やした。

検問を通らず通過できるような穴が掘られているのではないかと城壁をくまなく調べて回りもした。

しかし収穫はなし。グレゴリオ達を嘲笑うかのように敵の影だけが目の前を通り過ぎる日々が続いていた。

「そこでワシは無い頭をひねり一計を案じた。それは……」

少しだけ勿体ぶった後、グレゴリオは続きを口にする。

「我が息子アランを領主に据え、エレオノーラ家の次女を婚約者とすること」

「……？」

敵をあぶり出すために、息子に見合いをさせる……？

「そのことと敵を見つけ出すことと、どういう関係が……？」

色白で細身のアランと色黒で筋肉質のグレゴリオ。

二人に血縁関係があることに僅かな驚きを覚えつつ、クリスタは首をひねった。

未熟なアランを領主とした意図はまだ読める。

そうすることで少しでも敵の油断を誘うためだろう。

しかし、それとルビィの婚約とは全く接点が思いつかない。

「ワシが本当に呼びたかったのは、聖女よ、お主だ」

「私……ですか？」

「ああ。しかし、ただ応援を呼ぶだけでは敵に感付かれる可能性がある」

一ヶ月前、既に応援を呼んだことがあるらしい。

その時、敵は警戒して一切の活動を止めていた。

「敵は耳が早い」

オルグルント王国側から情報が流されている可能性も考えなければならないほど、敵はグレゴリオの動きに敏感だった。

「ただ応援を呼ぶだけでは駄目なのだ。しかし、婚約者の付き添いとして相手が自ら進んでこの地に来たならどうだ？」

「……対外的に見れば、シルバークロイツ領は応援を呼んでいないことになる」

「その通りだ。流石に婚約者の付き添いまでは敵も調べんだろう」

……そういえば、リンドに再三「他言無用」と念を押されたことを思い出す。

あれは教会と憲兵の関係がこじれることを恐れたのではなく――敵に悟られないようにするための措置だったのだ。

「ということは、リンド憲兵長も一枚噛んでいますね」

「ああ」

ルビィが向かう場所に危険が迫っていると知れば、クリスタは必ず動く。

……まんまと乗せられた、という訳だ。

「最初の計画ではアランに領主を任せ、ワシが直接捜査をするつもりだった」

「本気で言っているんですか？」

「うむ！」

領主自らが先陣を切ろうとするなど、聞いたことがない。

クリスタは呆れ半分でグレゴリオを見やった。

「いざ計画を実行に移そうとした時、お主がセオドーラ領を壊滅させたと聞いてな。敵に気付かれることなくお主を呼べれば、光明が見えるやも――と思い至った訳だ」

「そこでルビィが婚約者を探していると聞いて、アランを立候補させた――と」

クリスタがセオドーラ領に殴り込みをかけた件は秘匿されているはずだ。その情報を入手できたということは、彼女が重度のシスコンであることなどとっくに調べはついているだろう。

（……まあ、隠していないしね）

色々と疑問が繋がっていく。

――今回の件も父上が勝手に組んだことだ。

アランの不機嫌そうな顔と共に、言葉が脳裏をよぎる。

敵の混乱を誘うため、婚約の件も含めてあえて唐突に領主に据え、婚約させようとしたのだろう。

自分の息子を利用している――と言えば冷酷に聞こえるかもしれないが、領主は時に人の気持ちを無視した残酷な選択を迫られることもある。

同じく領主である父の背中を見て育ったクリスタは、そのことをよく知っていた。

グレゴリオは領民を第一に考える、領主としては鑑とも呼べる人物だ。

「不穏な空気が顕在化《けんざいか》する前に、何としても食い止めねばならん。聖女よ、協力してはくれぬか」

「……分かりました。ただ」

オルグルント王国の平和を維持することは聖女の務め。

魔物による侵攻以外は聖女の領分ではないのだが……事情を聞いた以上、放置はできない。

オルグルント王国に降りかかる火の粉を払うことは、翻ってルビィの安全を守ることにも繋がる。

妹の為なら、クリスタは何だってやる聖女だ。

そして……妹を利用する者は、誰であろうと鉄拳制裁を加える。

「ルビィを利用したことには怒っています」

「そこに関しては謝罪しよう。何なら殴ってもらっても構わん」

「ええ、そうさせてもらいます」

ルビィはウィルマに利用され、婚約破棄された。それでも家族に心配をかけないようにと気丈に振る舞い、その傷も癒えぬうちに次の婚約者を探していた。

そして見つけた相手は――単にクリスタを呼ぶための隠れ蓑だった。

グレゴリオの、領主としての選択も理解できる。

しかし、他にもっといいやり方があったはずだ。

もどかしい心のモヤモヤを吹き飛ばすべく、クリスタは拳を握った。

「いきます」

グレゴリオは立派な腹筋を脈動させ、腰に両手を当てた。

「来るがいい！　領地を壊滅せしめたというその拳、我が肉体にしかと味――」

「ちょっとだけ本気聖女パンチ」

「ご――ふぉおぉおぉおぉお⁉」

怒りを込めて放った拳は、グレゴリオの巨体を軽々と吹き飛ばし――壁にめり込ませた。


「だ、旦那様ぁ！」

「……」

ジーノが慌ててグレゴリオの元に駆け寄るが、磔にされたような状態のまま微動だにしない。

「す、すぐに担架を！」

「その必要はありません」

「何を言っているのですか！　旦那様が望んだこととはいえ、怪我を――」

「よく見てください」

グレゴリオの身体を指し示すと、ジーノは目を見開いた。

クリスタの拳がぶつかった腹、ぶつかった背中、叩きつけられた四肢、壁の端材を浴びたはずの全身――多少の汚れは付いているが、傷らしい傷はどこにもない。

「馬鹿な。どうして……？」

「パンチの瞬間にヒールも使いました。どこか怪我をしていても、もう治っていますよ」

力を入れて殴ったので、万が一のことを考えて癒しの力も込めておいた。

癒すくらいなら殴るな……と言われそうだが、それも無理な話だ。

「まあでも、しばらくは目を覚まさないと思います」

身体の傷は無くとも、痛みは感じたはずだ。三十分――いや、一時間はこのままだろう。

――と思ったのも束の間。

「……聖女とは思えぬ破壊の力と、聖女を体現した癒しの力。なるほど、あのマリアが頭を抱える訳だ」

「え」

グレゴリオはすぐに意識を取り戻した。首を振ると、壁の一部が崩れてパラパラと音を立てて落ちる。

めり込んだ身体を四肢から順番に、ふん、ふん、と、気合いと共に外し、クリスタの前で筋肉を誇示するように胸を張った。

「どうだ、我が謝意は受け取ってもらえただろうか」

「え、ええ……というか、こんなあっさりと目を覚ますなんて、驚きました」

「それはこちらの台詞だ！　こんな気持ちの良い一撃を受けたのは久方ぶりだ！　ヌハハハ！」

グレゴリオの暑苦しい笑いのせいか、部屋の温度が上がったように感じた。

「予想はしていたが、それ以上だ！　これほどの聖女《おとこ》がまさか教会に居たとはな！」

殴られた箇所を撫でつけた手を握り締め、彼は断言する。

「今の一撃で確信したッ！　この作戦は必ず成功できるとッ！」

「……とりあえず、持っている情報をすべて教えていただけますか」

毒気を抜かれつつ、クリスタは脇に逸れた話の筋を元に戻した。

「うむ！　まずはこれを見てくれ」

グレゴリオが広げたのはシルバークロイツ領の広域地図だ。外壁に近いスラムの一角に、いくつか印が付けられている。

「敵の拠点と思しき場所はこの辺りだ。だが、確証はない」

外壁に通れるような穴はないと言っていた。

となると、地下に穴を掘って外壁を潜り抜けている可能性はないだろうか。

そう思い尋ねてみるが、グレゴリオはあっさりと首を横に振った。彼も当然、その可能性に行き当たっていたようだ。

「壁を調べた際、外の見回りも行ったが……それらしきものはなかった」

シルバークロイツ領の外は見晴らしの良い平地だ。人が通れるほどの穴があればすぐに気付ける。

平地を抜けるほど長大な洞窟でもあれば話は別だが……サンバスタ王国が内乱状態になってすぐに敵は出現した。時期を考えてもありえないだろう。

「考えて分からないのなら、現場を叩くしかありませんね」

「しかし、この中からどうやって拠点を絞り込む？」

アランを領主に据えてから、敵の動きは多少変化した――が、期待していたような隙を見せるには至っていない。

——しかし、クリスタには秘策があった。

眉をひそめるグレゴリオを安心させるように、にこりと笑う。

「安心してください。そういうことを見抜くのが得意な仲間が居ますから」

クリスタは懐から一枚の念話紙を出し、魔力を通す。独特のくすんだ雑音を交じえながら、眠たげな声が返ってくる。

『——ふぁい。どうしたの、クリスタ』

「ユーフェア？　お久しぶり。少し——力を貸してほしいの」

六　予見の聖女

聖女は神託によって選ばれると同時に二つの力を授かる。

『極大結界』を維持・管理する力。

そして、聖女の力。

聖女の力には【守り】と【癒し】の二種類がある。

多少の個人差——守りが得意だったり、癒しが得意だったり——はあるものの、基本的に聖女ができることはそれしかない。

魔法技術はずっと進歩を続けているのに、聖女だけが何十年も同じまま。

不必要に変化するくらいなら、停滞していた方がいい——教会が長らく良しとしてきた体制に図らずも異を唱えたのがクリスタだ。

聖女の力を『拡大解釈』することで【守り】と【癒し】を思い思いに曲解し、それぞれの個性を最大限に反映した能力を獲得したのだ。

ユーフェアの能力は未来予測だ。

危険を未然に察知し、事前に対抗策を練ることで結果的に【守り】と【癒し】をもたらす。

彼女の力を借りれば、敵の本拠地を割り出すことも難しくない。

完全に言い当てることは不可能でも、いいヒントをくれるはずだ。

「——という訳なの」

『なるほどー』

一枚目で用件を話し、二枚目で状況を説明すると、ユーフェアは理解してくれた。

「どう？」

『ん。ちょっと見てみる。結果が出たらこっちから連絡す』

言い終える前に、ユーフェアの声が途切れる。

三分しか使用できないため、こうして会話が途中で切れてしまうことはよくある。

「……もう少し改良したいところね」

効果が切れた念話紙を丸め、クリスタはグレゴリオの方に向き直った。

「というわけなので、少しだけ時間をください」

「構わんが……本当にその予測は信頼に足るものか？」

「大丈夫です」

ユーフェアの力は完璧ではないが、本人のたゆまぬ努力によりその精度は徐々に上がってきている。完全に的中させる……とはいかなくとも、大きく外れることはないだろう。

「ふぅむ。魔法というものは摩訶不思議な力だな」

「聖女の力……ということにしておかないと怒られますよ」

「おっと、そうだったな」

聖女の力もとい、魔法に関して分かっていることは少ない。

多くの人々は「原理は分からないけど便利だから使っている」という程度だ。

クリスタも日々研究を重ねてはいるが、その他大勢の人々と理解度はそう大差ない。


「ところで、アランは放っておいていいんですか？」

手持ち無沙汰になったクリスタは、なんとなくアランを話題に出した。

「良い！　今回のことはいい薬になっただろう」

ジーノと同じ事を言いながら、グレゴリオは白い歯を見せた。

「作戦とは言え、一時的に領主に据えてからのあやつはどうも行動がおかしかった。何に感化されたのかは知らんが、男のなんたるかを勘違いしておる」

どうやらアランのあの尊大な態度は、本来の彼の性格ではないようだ。

「それならそうと、普通に言ってやれば良かったのでは……？」

「ワシが言ったところであやつは聞かん。女と真っ向から勝負し、負ける経験が必要だったのだ」

「……そうですか」

必要なのは歴史教育や王都への訪問だと思うが……クリスタは口を噤《つぐ》んだ。

貴族の教育方針はその家柄が強く出る。あまり他人が口を挟むようなものでもないだろう。

「ワシは領主としてはある程度のものになったという自負がある。しかし父親としてはまるで駄目だ」

「そうでしょうか？」

「息子を利用している時点で良い父親とは言えんだろう？」

良い領主と良い父親は両立しない――というのが貴族の間では通説だ。

父に溺愛されて育ったクリスタはそうは思わないが、シルバークロイツほど巨大な領であればそうなのかもしれない。

「普段から話をしていますか？」

「いいや」

ここ数ヶ月、アランは本当に領主の仕事をしている。

相談したいことなど、それこそ無限にあるはずだ。

案外、グレゴリオから声をかけられたくて待っているのかもしれない。

「一度腹を割って話をすることをオススメしますよ」

「……うむ。まあ、そうだな」

グレゴリオにしては随分と歯切れが悪く、そう答えた。

「それにしてもクリスタよ。お主は真っ直ぐで気持ちの良い拳をしているな」

「ただ単にぶん殴っているだけですよ。気持ちのいいも悪いもありません」

「いいや！　芯の通った漢の拳だ」

「……」

クリスタは自分自身を女らしいと思ったことはない。しかし、男と言われて嬉しいはずがない。

微妙な表情を浮かべることで抗議の意を表明するが、グレゴリオがそれに気付くことはなかった。

「武闘家になればさぞ大成できたであろうに。なぜ聖女に？」

「神託で選ばれてしまったので、仕方なく」

「ほう。アレは神託と銘打ちつつ、シスターの中から都合の良い人材を教会上層部が選んでいるのかと思っておったが」

「私もそう思っていました」

クリスタも、自分が選ばれるまではそう考えていた。信心深い者を候補に挙げ、その中から都合良く動いてくれる人物を選んでいる……と。

……というか、先代まではそうだったはずなのだ。

何故か今代の聖女は、敬虔な信徒とは程遠い人間ばかりが選ばれている。

魔法研究者。

公爵令嬢。

村人。

スラムの住人。

これには教会上層部もかなり戸惑っていたことを思い出す。

魔法の原理を追求すれば、いつか聖女の選定基準の謎も判明するのだろうか。

とりとめのないことを考えていると、念話紙が魔力を感知した。

ユーフェアだ。

「どうだった?」

『うん。ばっちり絞り込めたよー』

間延びした声で、予見の聖女はそう告げた。


未来予測で見えた場所は、グレゴリオが絞った建物の中の一つと一致していた。

『たくさんの蛇が潜む中を土竜《もぐら》が進んでいくと、綺麗な緑の海が見えたの』

独特な表現で、ユーフェア。彼女の未来予測がどういう形で見えるかはいつも曖昧だ。はっきりと見える場合もあれば、今回のように比喩を用いる場合もある。

「ありがとう。助かったわ」

『どういたしましてー』

「そうだ。今度家に来ない? ルビィが会いたがっているわ」

『……ん。考えとく』

少しだけ間を空けて、そんな返事が返ってきた。

眠たくなってきたのだろうか。先程よりも少しだけ声が低い。

「それとは別でちゃんとしたお礼をさせてもらうから。何か希望はある？」

『……じゃあ、あ――』

ぷつり、と断絶音を残してまた会話が途中で切れてしまった。

「あ」とは何だろう。

ユーフェアは人里離れた山奥に暮らしているため、食べ物を欲しがる傾向にある。

（「あ」のつく食べ物……この件が片付いたら探しましょうか）

「領主様。誰か道案内を頼める人はいませんか？」

ユーフェアが割り出してくれた場所へは行ったことがない。

道に迷って敵を逃がす――なんてヘマをするつもりはないが、心配の種は少しでも減らしておきたい。

「ジーノを同行させよう」

「それから」

「皆まで言うな。お主の妹は、こちらでしっかりともてなさせてもらう」

「ありがとうございます」

時刻は日没前。

上手くいけば、日が変わる前に終わらせられる。

クリスタはジーノに連れられ、目的の場所へと行動を開始した。

（さっさと片付けて、ルビィの元に戻らないと）

七　土竜と蛇の道

場所は変わり、スラム街にクリスタは移動していた。

ユーフェアが示した地点にあったのは、何の変哲もない寂れた家だ。軒先に日除けを作り、天日干しした魚を売っている。

一見するとただの露店だが――その奥はどうだろうか。

物陰に隠れながら、ジーノが問いかけてくる。

「聖女ユーフェア様の御力で拠点を絞り込めたまでは良いですが……ここから先はどうされるおつもりですか？」

グレゴリオからの嘆願は敵組織の調査と、可能ならば殲滅の二つ。行動に制限はなく、責任はすべて彼が負ってくれるとのこと。

クリスタにとってこれほどやりやすいことはない。

「もちろん正面から制圧します」

「クリスタ様が実力者であることは重々承知しておりますが、相手の土俵でそれはあまりにも無謀が……」

「問題ありません。私一人で大丈夫ですので、行ってきます」

「く、クリスタ様⁉」

ジーノの懸念と悲鳴を聞き流し、クリスタは敵の拠点へとすたすた近付いていく。

ある程度の距離まで近付くと、軒先で暑さに項垂れる店主が顔を上げた。

「……らっしゃい。何かお探しで」

まるで物を売る気のない腑抜けた声。偽装なのだからやる気がなくて当然なのだが、もう少しそれらしく見せてもいいのでは——と思いつつ、クリスタは彼に向かって微笑みかけた。

「ええ。シルバークロイツ領内で悪事を働く輩を捜しているの」

「は？　いやいやお姉さん、何を言って——」

小馬鹿にしたような態度の店主を無視して、クリスタは足を振り上げた。

「聖女キック」

「るらぁ⁉」

店主の顎めがけて蹴りを放つ。彼の身体は家の中までぶっ飛び、天井に一度頭をぶつけてから、どしゃあ、と大きな音を立てて落ちた。その拍子に、頭が床にめり込む。

「ななな……なんだ⁉」

「敵襲か⁉」

中にいた仲間の男たちが顔を出す。突然の事態に誰も状況を把握できず、ただオロオロと慌てふためくばかりだ。

好機とばかりにクリスタは素早く彼らの背後に回り、掌を水平に構えた。

「聖女チョップ」

「はが!?」

「ほわ!」

並んで立っていた男たちは冗談のような速度で壁の中にめり込んだ。

(ユーフェアは土竜って言っていたわね。となると地下かしら)

そう当たりをつけつつ、クリスタは部屋の各所を改《あらた》めながら地下への入口はないかと探した。

「敵襲だぁ!」

「相手は女一人だが油断するな!」

相手もやられっぱなしではない。何度もクリスタは敵の攻撃に見舞われる。

――しかし。

「死ねぇ!」

「効かないわ」

「な……なんでこいつ、攻撃が効かねえんだ!?」

剣も、魔法も、クリスタに届く前に等しく効力を失っていた。

【聖鎧】を前にして、ただのゴロツキである彼らに彼女を止める術などあるはずがない。

「さて。あなたにちょっと聞きたいことがあるんだけど」

一人だけ気絶させず残しておいた男に、クリスタは首を傾けて微笑みかける。

「地下に行く道を捜しているの。教えてくれない？」

「へ……何を言ってるかわからねーな。この建物には地下なんて」

「聖女アイアンクロー」

「あぎゃああああああああああああ⁉」

クリスタの指が男のこめかみにめり込み、みしみし……と何かが軋む。

再度、クリスタは微笑みかけた。

「私、素手でリンゴを握り潰せるっていう隠し技を持っているんだけど……今ここで、あなたの頭で実践してみせましょうか？」

「この部屋の隅でーす！　床に偽装した扉がありまーす！」

「ありがと。助かったわ――聖女パンチ」

「ほぐぅ⁉」

素直に白状する男を気絶させ、クリスタは両手を払う仕草をした。

「制圧完了――と」

「たった一分足らずで十人近い男を……」

待機していたジーノに気絶させた男たちを捕縛してもらう。その間、彼はしきりに「信じられない……」を連呼していた。

「さてと。彼らは憲兵に任せるとして、私たちは地下への扉を捜しましょう」

男が示した場所を調べてみる。一見するとただの床だが、注意深く観察すると——木の継ぎ目がそこで途切れ、僅かに隙間が見えた。掌をかざすと、下からひんやりとした空気を感じられる。

「取っ手がありませんね」

「破壊します」

取っ手代わりになるものを探そうとするジーノを掌で制してから——クリスタは開いた手を丸め、床を殴った。

「聖女パンチ」

がご、と蝶番が外れる音が鳴り、床が真っ二つに割れる。

下から出てきたのは、予想通り地下へ続く階段だった。

「なるほど。ここを通れば検問を通ることなく外に行けるって訳ね」

「し、しかし……外に出口らしき穴はありませんでしたよ」

外壁の外には何も無い、とグレゴリオは言っていた。

しかしクリスタの脳裏には、ユーフェアの言葉がよぎっていた。

(地下を抜けた先は『緑の海』って言っていたのよね)

シルバークロイツ領の外壁付近は平原が広がっている。緑の海に例えられなくはないが、少し違う気がする。

「行ってみるしかありませんね」

地下への階段を一歩進んだ瞬間――クリスタは太い槍に首を貫かれて後方へ吹き飛んだ。

「く、クリスタ様ぁ!?」

「あービックリした。油断してました」

「……!?」

「正規の方法以外で扉を開くと、罠が作動するようになっているみたいですね」

扉の裏には特殊な仕掛けが施されており、決まった開け方をしなければ今のように槍が飛び出すようになっていたようだ。一番先に入った者の首を貫かれれば、後続は出足を挫かれてしまう。

「なかなか上手くできていますね」

「え……と。ご無事、なのですか？」

「はい。この通りです」

【聖鎧】は極大結界をヒントに編み出したクリスタ独自の技だ。普通の武器程度で破れる代物ではない。

――とはいえ、首元数ミリの場所に刃物が飛んでくると本能的な反応で身体が強ばってしまうが。

他に罠があることを考慮し、先頭はクリスタが行くことにした。万が一罠にかかっても、彼女には効かない。

「さすがに地下は暗すぎますね。少しお待ちください。いま松明を――」

「聖女ライト」

明かりを用意しようとするジーノを制し、クリスタは聖女の力を用いて明かりを出した。

ぼんやりとした暖色の光が浮かび上がり、周囲を照らす。

「……もはやなんでもアリですな」

苦笑するジーノと共に地下道の先を見据えた。

「そういえばクリスタ様。オルグルント王国の外に出ても『極大結界』の方は大丈夫なのでしょうか」

「ええ、問題ありません」

よく「聖女は国外に出られない」と思われているようだが、実はそんなことはない。

いつだったか、北の連合王国でしか手に入らない素材を求めて何度も国を出たことがあるが、どれだけ離れていても『極大結界』はしっかりと魔力を求めてくる。

大陸内であれば聖女は機能する。外に出るとどうなるかはまだ実験していないので分からないが。

「というか、ここから先は危険ですし無理に来る必要はありませんよ」

もともと道案内で来てもらっただけなので、ここから先はむしろ一人で行かせてもらった方がありがたいのだが、ジーノはいえいえと首を横に振った。

「適宜クリスタ様をお助けするよう旦那様から仰せつかっておりますので」

今のところ何のお役にも立てていませんが……と、ジーノは白い手袋に包まれた手で頬を掻いた。

「こう見えて武道は学んでおります故、足手まといにはなりません。いざとなれば使い捨ての盾としてお使いください」

「お気持ちだけ受け取っておきます」

「この老いぼれと比べれば、あなたの方が国にとっては重要でしょう」

「そんなことはありませんよ」

聖女は唯一無二の存在ではない。五人のうち誰かが死んでも、数日後には神託で『次』が選ばれる。そういう意味での希少性は全く無いのだ。

自己犠牲の塊だった聖女が人々を守るために自らの身を魔物に差し出した……なんて美談があるほどだ。

みすみす身を差し出す気はないが、より力を持っている方が守ればいい。

今の場合なら、クリスタがそうするべきだろう。

【聖鎧】以上に頼れる盾はないのだから。


地下道には至る所に罠が仕掛けられていた。

古典的な落とし穴や飛び出す槍、さらには土の魔法石を使って道を塞ぐものなどなど。その位置も実に巧妙で、警戒していてもいくつかは作動させてしまった。

（ユーフェアが言っていた『蛇』っていうのは、罠のことね）

自分一人ならどんな罠だろうと無視できるが、ジーノも一緒となるとそうはいかない。

（こういう仕事はエキドナの方が向いているんだけど……）

仲間の顔を思い浮かべながら、クリスタは暗闇の中を慎重に進んでいく。

胸の高さに張られた糸を潜り抜けた先で、二人の足ははたと立ち止まった。

というか、道が無いので立ち止まらざるを得なかった。

「行き止まりですね」

ライトの光を強めるが、人が通れそうな穴はない。

「引き返しますか？」

「いえ」

クリスタは目の前に立ち塞がる壁に向かって、掌を押し当てた。

ゆっくり、ゆっくりと力を込めていくと――壁がひび割れ、崩れていく。

その奥はこれまで進んできた道と同じ広さの空洞になっていた。

「これは……!?」

「隠し通路の隠し通路……ってところでしょうか」

使う時以外はこうして隠しているのだろう。ここまで巧妙な壁を偽装できる手法はかなり限られている。

壁の先に罠は無かった。

細長い通路を十分ほど進むと、すぐに出口が見えた。

「まだ外壁すら越えていないはずです。他の拠点に繋がっているんでしょうか」

おおよその距離から、ジーノがそう推察する。

しかし階段を上ってみると……そこには、鬱蒼《うっそう》と茂る森が広がっていた。

ちらりと後ろを振り返ると、木々が途切れた先には広い平原が広がっており、その先にはシルバークロイツ領の外壁が遙か遠くに見えた。

「馬鹿な……我々はさっきまであの中に居たのですよ⁉　たった十分でここまで来られるはずがない。一体なぜ……」

「『魔女の遊び場』というやつですね」

「魔女の……遊び場？」

「不思議な現象が起きるところって意味です」

大陸には、不可思議な現象が起こる場所がいくつかある。

天井を歩ける洞窟、飛び降りても死なない谷、若返りの泉。

現代の魔法技術を用いても再現できず、原理も一切不明の空間。そういった場所を総称し、『魔女の遊び場』と呼んでいる。

「まさかシルバークロイツ領内にこんな所があったなんて、驚きです」

グレゴリオが侵入経路を発見できなかった理由がよく分かる。『魔女の遊び場』が使われているなど、誰が予測できただろうか。

（嬉しい誤算だわ）

未知の技術の塊である『魔女の遊び場』はクリスタにとっては涎を垂らすほど興味を惹かれる場だ。

『遊び場』はその特性上、基本的に王国の管理となっている。それぞれの領地で秘匿されているということも稀にあるが、余程の理由が無ければ調べることは許されていない。

しかしこの場所は違う。グレゴリオに恩があるので頼めば好きなだけ調べさせてもらえるだろう。

ルビィを待たせているので次回以降になるが、ここを研究すれば新しい何かが発見できるかもしれない。

「先を急ぎましょ――!?」

言いかけたクリスタの周囲から、何の脈絡もなく岩が生えてくる。

岩はそれぞれが意思を持っているかのようにクリスタの四肢に絡みついた。

「ふんっ」

それらを容易に砕き、ジーノの周囲に結界を張った。

「ここから動かないでください」

そう厳命してから、周囲に視線を向ける。

「身体強化の魔法に結界か……なかなかやるではないか」

クリスタに攻撃を加えた主があっさりと姿を現す。煤《すす》けたローブを身に纏《まと》った男だ。端正な顔立ちをしていたと思われるが、土汚れと手入れされていない髭が全てを台無しにしていた。

「やっぱり土魔法の使い手がいたのね」

「やはり、とは？」

「さっき洞窟を通ったとき、壁が偽装されていましたよね？」

疑問符を浮かべるジーノに、クリスタは足元の石ころを拾って見せながら解説を加える。

「触れるまで自然の岩とほとんど見分けがつきませんでした。生成する土や岩を高度に操作できる土の魔法使いがいないとできない芸当です」

ただ単に壁を作るだけなら、覚えたての土魔法でもできる。

しかし周囲の風景と同化するほどのものを作るとなると話は別だ。

「ふん。そこまで理解できているなら話は早い」

男は唇の端を歪め、通せんぼをするように両手を広げた。

「シルバークロイツへの侵入経路を知られたからには帰すワケにはいかんな」

「……」

「この先——貴族の別荘を改造した秘密のアジトに行けばもっと酷い末路を辿ることになる。大人しく俺に下されるが良い」

「秘密ならもっと隠しなさいよ」

説明口調でいろいろ教えてくれる土魔法使いの男。ご丁寧に方角を指したことで、どちらへ進めばいいのかも示してくれた。

「時間もないし、さっさとかかって来なさい」

「ふん。自分の実力も弁えぬか」

土魔法使いの男が片手の指を弾くと、パチン、と小気味よい音が鳴り——彼の周囲の土がぐにぐにと蠢《うごめ》いた。それらが集まり、あっという間に岩の鎧が出来上がる。

「装衣魔法・【鎧装《がいそう》】！　ふははは！　これで貴様らの攻撃は私に効かなくなった！」

男が使った土魔法は、鎧を自身の身体に付与するものだ。

クリスタの【聖鎧】と効果は似ている。

全身ともなると魔力の消費はとんでもなく上がるため、魔力量に相当の自信が無ければまず使おうとしない。

男の、自身の魔法に対する自信の程が窺えた。

「攻撃が効かない、ねぇ。じゃあ試させてもらおうかしら」

「いいだろう。そして無駄であることを知るがいい！」

クリスタの挑発に、男はいとも簡単に乗った。両腕を組み、仁王立ちの姿勢で高笑いを始める。

「ふはははは！」

「聖女パンチ」

ごぎん！　と鈍い音が鳴り、男が二、三歩たたらを踏む。

「──なかなかに良いパンチだった。本来なら拳が砕けるはずだが……傷がないところを見るに、貴様も相当な使い手のようだな！」

「そういうあなたも。なかなかじゃない」

魔法に高い適性を持つからこそ、効果を通じて互いのレベルの高さを認識し合う。

「これでもう分かっただろう？　貴様たちに勝ち目はない！　さあ大人しく──」

「なに言ってるの。まだまだよ」

「……へ？」

「聖女パンチ」

先程より少し強めにクリスタは拳をぶつける。

鎧はまだ砕けない。

「やるわね。もう少し強くいくわよ」

「え、ちょ」

ごぎん！

ごぎん！

ごぎん！

殴る度に少しずつクリスタは力を強めていく。

それはまるで——男の鎧の強度を測る実験をしているようだ。

男は【鎧装】で既に魔力の大半を消費している。

しかしクリスタの方は——まだまだ余力がある。

「本当に硬いわね。もう少し強くしても大丈夫そう」

「き、貴様ぁ！　一体何者だ!?」

「通りすがりの聖女よ」

「う、嘘をつくなぁ！　聖女がこんな暴力的な訳がないだろうが！」

「疑うならそれでいいわ。とりあえず——これでおしまい」

腕を引き、足を下げ、身体を横に構え——クリスタは、最後の一撃を叩き込んだ。

「聖女パンチ」

「はぶぉ!?」

あらゆる力を内包したクリスタの拳は、硬い岩の鎧を砕き、男の頬を捉えた。

岩の重みも加算され、ゆうに百キロは超えているはずの巨体が地面に当たることなく吹き飛び、数本の木々を巻き込んでからようやく止まる。

「……こんなものかしら」


男を木に縛り付けてから、クリスタ達は彼が指し示した方向へと進んだ。

傍にあった茂みに身を隠しつつ、こっそりと顔を出すと、目的地はすぐ見えた。

蔦が絡まったままの薄汚れた洋館。窓はあちこち割れ、人が住んでいるようにはとても見えないが……その周辺には、領内で捕縛した男達と同じ格好の見張りが何人もいた。

「あれが本拠地のようですね」

「いかがなさいますかクリスタ様。もうすぐ太陽が沈みますし、夜まで待つという作戦も」

「いいえ。すぐに制圧します」

「……あなたならそう仰ると思いました」

呆れたように――しかしどこか楽しげに、ジーノ。

「さすがは旦那様がお認めになられた方です」

「それ、褒めていますか？」

「ええ、もちろん」

あまりそういう風には聞こえなかったが、深く突っ込んでも意味は無いと悟りクリスタは追及を諦めた。

「さてと。それじゃ、行きま——ッ」

不意に人の気配を感じ取り、クリスタはすぐ傍の茂みを睨んだ。

「そこにいるのは誰。出てきなさい」

他の見張りたちに気付かれないように声は抑えつつ、しかし威圧感はそのままにする。

茂みをかき分け、姿を現したのは——小さな帽子を頭に被った、クリスタの顔馴染みだった。

「こんなところで出会うなんて奇遇ッスね、先輩」

「ベティ？　どうしてここに？」

聖女ソルベティスト。彼女はいつものようにおどけた様子で肩をすくめた。

ちらり、と敵の本拠地を見上げながら、

「ここにいる理由は……たぶん、先輩と一緒ッスよ」

八　共闘する聖女

茂みに隠れつつ、二人はここまで来た経緯を説明し合った。

「なるほど、子供が行方不明に」

「そうでス。それを追いかけているウチに、ここに辿り着いたッス」

意外と思われるが、ソルベティストは子供好きだ。聖女の仕事の傍ら、国内の孤児院を回っては子供達の相手をしている。

最近、そのうちの一つで二人の子供が姿を消したらしい。

「最近あなたと連絡が取れないってマリアが言っていたけれど、このためだったのね？」

「はい。憲兵が手伝ってくれればもっと早く辿り着けたんでスけど……だからアイツらは嫌いなんスよ」

貴族の子供ならいざ知らず、孤児がいなくなったくらいで憲兵は動いてくれない。

孤児が行方不明になることは「よくあること」であり、自発的に出て行ったと処理されてしまうことがほとんどだ。

「今回消えた子は、自分からいなくなるような子じゃないんスよ。攫われたとしか考えられないッス」

何度も遊んだことのあるソルベティストは自力で消えた子供たちの痕跡を調べ、ここまで辿り着いた――とのこと。

「なるほど。経緯は違えど、私たちの目的は同じみたいね」

「はい」

「だったら共闘した方がいいわね」

「先輩がいてくれるなら心強いッス！」

軽く拳をぶつけ合い、二人の聖女は洋館を見上げた。

「人の国で馬鹿な真似をする奴らは――分からせないとね」

話し合いののち、救出役と囮役の二手に分かれることになった。

「私は正面から囮になるから、ジーノさんとベティは捕まえられた人たちの救出をお願い」

「畏まりました」

「了解ッス。それじゃおじいちゃん、行きましょう」

「おじいちゃん……」

これから敵地に侵入するとは思えない調子のソルベティストに、ジーノは不安を隠しきれなかった。

「おじいちゃん。私にしがみつくッス」

「……はい？」

「いいから早く。合図したら一緒にジャンプするッスよ」

ぐい、と力強く腕を引っ張られ、そんなことを言われる。

訳が分からないまま言われた通りに飛び——着地すると、靴の裏から伝わる感触の違いに、ジーノは目を見開いた。

先程までの地面とは別物の、土を塗り固めた人工物の感触。周囲の風景も様変わりしていた。クリスタの姿はいつの間にか消え、蔦が絡みついた古ぼけた洋館の二階、元はテラスだったであろう開けた空間に何故かジーノは移動していた。

「こ……これは？　クリスタ様はどこに？」

「ビックリしたッスか？」

悪戯が成功した子供のような無邪気さでソルベティストが笑う。

「これがクリスタ先輩から頂いた私の能力、転移ッス」

「て、転移……？」

「そッス。私たちがさっきまでいたのは——あそこ」

ソルベティストが指さす方向を見下ろしてみると、そこにはクリスタが立っていた。

間違いなく、数秒前まであの場所にいた。

「信じられない。まさに聖女の奇跡だ」

「あはは。私に似合わない言葉ッスね」

ジーノから腕を離し、ソルベティストは軽く飛んだ。

彼女の身体が消え、かちゃり、とテラスの入口らしき扉が鳴り、中からソルベティストが手招きしてくる。

どうやら中に転移して鍵を開けてくれたらしい。

「さ、行くッスよ」

「……」

「おじいちゃん？　おーい」

「ソルベティスト様。何か聞こえませんか？」

中に入ろうとしたジーノは、遠くから聞こえてくる音に耳を澄ませた。

規則正しく地面を踏みしめる音。それが何重にも重なって響いている。音の方向に顔を向けると、薄暗い森の中から、十数人ほどの一団が現れた。

彼らは誰もが瞳の奥に剣呑な光を宿していて、一目で素人ではないことが分かる。盗賊のように無秩序な集団ではなく――しっかりと組織された一員のようだ。

彼らが取り囲む中心に、クリスタが立っている。

「いざ潜入、というところで新手とは……！」

ジーノは歯の隙間からうめいた。単純に相手の戦力が増え、制圧や子供の救出が難しくなってしまった。

「ソルベティスト様、救出は一旦中断しましょう。クリスタ様を助太刀しなければ」

「なに言ってんスか。そんなことしたらせっかくの作戦が台無しになるッス」

「え？」

あまりに素っ気ない返事に、ジーノは聞き間違いかと思った。気力では若い者に負けていないと豪語してはいるが、さすがに老年に差し掛かり耳が遠くなったのだと。

むしろ、そうであってくれと願った。

「ソルベティスト様……いま、なんと？」

「作戦続行ッス。ほら」

ぐい！　と袖を引っ張られると、軽い浮遊感と共に再び目の前の景色が一瞬で切り替わった。

屋敷のどこかは分からないが、目の前に跳ね扉式の階段が見える。

「貴族の屋敷と言えば地下牢がお決まりの捕われ場所なんスよね。さあ、行くッスよ」

「お待ちください！　クリスタ様をお一人で置いて行くなんて無謀が過ぎます！」

クリスタの力は何度も目の当たりにした。

グレゴリオの巨体を吹き飛ばす膂力《りょりょく》、あらゆる物を通さない鉄壁の結界。

――だとしても、あれほどの人数を前にしては多勢に無勢なのは必至だ。

いくら強力な力を持っていようと、人は数の力には勝てない。

「まだ間に合います。戻って加勢を――!?」

轟音と建物全体がぐらつくような揺れに、ジーノは思わず壁によりかかった。

「い、今のは……!?」

驚くジーノとは対照的に、ソルベティストが口笛を吹く。

「先輩、派手にやってまスねぇ」

「この揺れが、クリスタ様によるものだと仰っているのですか？」

「はい。たぶん敵をぶっ飛ばした時に柱か何かに当たったんだと思いまスよ」

彼女のその表情は、どこか楽しげだった。

「で、さっきの話でスけど……私たちがいても先輩の助けにはなりませんよ。むしろ邪魔になるだけッス」

「じ……邪魔？」

「そうそう」

先程のような揺れはなくなったが、断続的に人の怒号と悲鳴が入り交じった声が続いていた。

その喧噪に隠れるように、地下へ続く階段を下りていく。

「先輩に任せておけば大丈夫ッス」

ソルベティストのその声には、クリスタへの全幅の信頼が込められていた。


「あ……しまった」

不用意に近付いてきた男をぶん殴ると、矢のような速さで壁に激突し、建物がぐらり、と傾いだ。

人数の多さから少しだけ気合いを入れたが、囮役が暴れて潜入先を潰してしまっては元も子もない。

「あっちにはぶっ飛ばさないようにしないと」

「き……貴様ぁ！　我々を誰の使いと心得る⁉　このエイサップ様の話を聞いていなかったのかぁ！」

新たに合流してきた敵の中の一人が叫ぶ。

少しばかり豪華な装飾品を纏った男の名はエイサップ。どうやら彼がこの一団の長らしい。

いきなり部下に殴りかかったクリスタに対し、唾を飛ばして抗議する。

「『隣国のやんごとなき方に仕える騎士団で、魔女の遊び場を利用して誘拐や情報集めをしていた』んでしょ。聞いてたわよ」

シルバークロイツ辺境領で暗躍していた一団の大本は、隣のサンバスタ王国にまで繋がっていた。

『やんごとなき方』というのが誰なのかまでは教えてくれなかったが。

「感謝するわ。勝手にペラペラと情報を教えてくれて」

「もう帰ることのない女に情報を漏らしても何の問題もない」

クリスタを知らないエイサップは、自分が負けるとは微塵も思っていない。

女が一人、森の中にノコノコとやって来た。

それに対し自分は五十人以上の部下を従えている。

そのことがエイサップの口を必要以上に軽くしていた。

クリスタの、一見すると奇妙な服装も、エイサップの勘違いに一役買っていた。

法衣の上に白衣を羽織る女が、実は戦闘要員だとは誰も思うまい。

「女。あの国の諜報員か何かと見受けるが」

「……ええ、そういうことにしておいて」

クリスタは適当に話を合わせた。

エイサップは両手を上にして、指で何かをぐにぐにと掴むような仕草をした。

それが何を掴む仕草かは分からないが、クリスタは生理的な嫌悪感を覚える。

「お前は運が良い。大人しく投降しろ」

「イヤよ」

「お前は俺の好みの顔をしている。言うことを聞くなら、俺が飼ってやろう」

「は？　気持ち悪い」

「き、きも……!?」

ばっさりとクリスタが斬り捨てると、エイサップは伸ばしていた鼻の下を戻し、彼女に食ってかかった。

「お前が助かる道は俺に飼われる以外もうないんだぞ！　万に一つ逃げられたとしても、どうせあの国は滅びるんだ！　我々の手によってなぁ！」

「……はい？」

クリスタの声が、一段階低くなる。

それに気付かないまま、エイサップは勝ち誇ったように手を大きく広げた。

「明日、我々は魔女の遊び場を通りシルバークロイツ領主の元へ奇襲を仕掛ける！　見よ、この統率された我が精鋭達を！」

エイサップの部下達はそれぞれ武器を持ち、彼の言葉を肯定するように不敵な笑みを浮かべた。

「グレゴリオが引退したいま、シルバークロイツはもはや城塞都市の意味を成さないも同然ッ！　腑抜けた若領主の首をかき斬り、侵略戦争の第一歩とするのだ！」

「……へぇ。そうなの」

シルバークロイツ辺境領にはいま、ルビィが滞在している。

クリスタをよく知る者なら、それが彼女の逆鱗に触れる発言だと気付いただろう。

それを知らない彼らは、死神の鎌に自分から飛び込んでいることを理解できていない。

（知らないなら……分からせないとね）

クリスタは静かに呼吸を整える。

怒りは心を動かす大切な動力源となるが、制御を間違えれば身を滅ぼすことになる。正しく力に変換できるよう、表面上は平静を保ちつつ——心の中で怒りの炎を燃やす。

「攻め入られるのは困るわね。いま、私の妹がシルバークロイツ辺境領にいるの」

「ほほう。貴様の妹だと……？」

エイサップは身を乗り出した。クリスタを上から下まで眺め回してから、世にもおぞましい笑みを浮かべる。

「そうかそうか。貴様の妹ならさぞかし美人なことだろう。命乞いをするというのなら助けてやらんこともないぞ？　二人まとめて俺が可愛がって」

「何を勘違いしているの？」

クリスタは腰を落とし、エイサップとその部下達を睨んだ。

「命乞いするのはあなたたちの方よ。まあ、許さないけどね」

「いいねぇいいねぇ。俺はお前のような向こう見ずで気が強い女の心をへし折るのが大好きなんだ」

「……きも」

「今のうちに好きなだけ強がっていろ。数ヶ月後には俺無しでは生きられないようにしてやる！」

頭の中で何を妄想しているのか、エイサップは鼻の下を伸ばして笑っている。

彼は先程、クリスタの拳によって柱に激突した部下にちらりと視線を送り、

「多少、腕に覚えがあるようだが……そんなものはこの人数差の前には無力なことを教えてやろう！」

手を広げ、部下達に命じた。

「その女を捕らえろッ！」

おう、という威勢の良い掛け声と共に襲いかかってくる一団。

（正面は囮。目の前に集中していたら、左右から回り込んできた奴らにあっという間に囲まれる）

【聖鎧】は発動中、クリスタを害する何もかもを弾く万能の盾だ。

どんな攻撃も、どんな魔法も【聖鎧】には意味を成さない。

ただ、一つだけ弱点がある。

魔力消費の激しさ――いわゆる燃費の悪さだ。

規格外の魔力を持つクリスタであっても、一日に使用できる制限時間は限られている。

その制限時間が、もうすぐ切れてしまう。

（『極大結界』の維持を……いや、さすがに放棄はできないわね）

前回のように、他の聖女に維持を肩代わりしてもらうことはできる。

しかしそのためには同意を得ることが必要だ。

念話紙は使い切ってしまい、もうない。

聖女の義務が無ければクリスタはもっと強くなれる。

しかし、聖女にならなければ【聖鎧】を得ることもなかった。

なんとももどかしい思いを抱えつつ、クリスタは作戦を練った。

相手は軍隊。統率され、訓練されている。

エイサップの「捕らえろ」という命令を確実に実行するため、まだ誰も剣を抜いていない。

つまりは——まだ、クリスタを侮っている。

(今のうちに、できるだけ数を減らす!)

「ほらほら姉ちゃん! ボーッとしてたら捕まえちま——」

「聖女パンチ」

「うごォ!?」

両手を伸ばしてきた男をするりとかわし、がら空きの頬に拳をお見舞いする。

できるだけ遠くまで吹き飛ばし、後続を巻き込んでもらう。

吹き飛ばす方向にも気を遣わなければならない。屋敷に当ててしまうと建物をぐらつかせかねないのだ。

続く男達を油断せず見据えるクリスタ。

「ナメやがってこのアマァ!」

背後から羽交い締めにしようとした男をするりと避け、前につんのめった背中に体重を乗せた蹴りを放つ。

「聖女キック」

「げぼぉ!?」

「ち……武器の使用を許可する! 手足くらいは無くても構わん!」

エイサップは命令を「傷つけずに捕まえろ」から「傷つけてもいいから捕まえろ」に変更した。

命令を受け、部下達は次々に得物を抜き放つ。

（サービスタイム終了ね）

クリスタは相手の数をざっと把握する。今の攻防で五分の一ほど減らせた。

「波状攻撃を仕掛けろ！　囲い込んで死角から足を狙え！　休む暇を与えるな！」

的確に部隊を操作し、クリスタを追い詰めようとするエイサップ。男としてはかなりの外道だが、指揮官としては意外なほど有能だ。

しかし、通常の相手を想定した作戦でクリスタを止められるはずがない。

「聖女パンチ。聖女キック。聖女アッパー」

次々と襲いかかる男達に、技を繰り返す。

波状攻撃が一段落する頃には、気絶する男達が積み上げられていた。

半ば呆然としていたエイサップが、残った僅かな部下に向かって怒鳴り散らす。

「何をしているんだお前らぁ！　たかが女一人に手こずりやがって！」

「し……しかし隊長！　こいつ強いですよ⁉」

「後ろに目でも付いてやがるのか⁉」

「しかもこれだけの人数を相手に、まだ誰も殺してねえ……だと」

ただ殺すよりも、動きを止める方が遙かに難易度は高い。

クリスタはこれだけの人数を相手に、それをやって見せていた。

両者の実力差は歴然——それが分からないほど、エイサップは愚かではなかった。

息を呑み、改めてクリスタを誰何《すいか》する。

「お前、ただの諜報員では無いな？　何者だ」

「クリスタ。オルグルント王国を守護する聖女よ」

「嘘をつけぇ！　聖女がそんな暴力的な訳ないだろうが！」

「いや……本当なんだけど」

少し前に出会った土魔法使いと同じ反応を返される。

聖女なる役目は他国にも存在している。とはいえオルグルント王国の聖女とは似て非なるものだ。大陸広しといえど『極大結界』は一つしかない。

「人外の膂力、そして嬉々として人を殴るその姿……まさか、グレゴリオの懐刀か⁉」

「一緒にしないで」

グレゴリオ本人のことは嫌いではないが、同列と思われると反射的に眉をひそめてしまうクリスタだった。

「とりあえず再開していい？」

会話の最中、こっそり解除していた――おかげで魔力が少し回復した――【聖鎧】を再び身体に纏わせる。

クリスタが構えを取ると、部下達は恐れおののき、後ずさった。

「……もういい！　全員下がれ！」

苛立った様子でエイサップは部下を下がらせた。羽織っていた外套を剥ぎ取り、馬車の上から降りて剣を抜く。

「貴様の実力、認めよう。こいつらでは荷が勝ちすぎている」

「大将自ら相手してくれるなんて、手間が省けて助かるわ」

軍隊は頭を潰せば機能しなくなる。

制限時間の限られたクリスタにはむしろありがたい話だった。

「連れ帰ってベッドの上で屈服させてやろうと思っていたが、予定変更だ」

「……きも」

本日何度目か分からない呟きを零すクリスタ。先日の誰かさんと同じ気配を感じ取り、いつもより多めに距離を取った。

それを恐れと受け取ったのか、エイサップはさらに勢いづく。

「俺も騎士だ。女に剣を向けるのは気が引ける。大人しく投降するというのなら止めてやってもいいぞ？」

「絶対イヤよ」

「はは。このサンバスタ王国大将・エイサップを前に強気を崩さないその姿勢、ますます気に入った！　お前は絶対に俺のモノにしてやるぞ！」

（うげぇー）

クリスタの肌が寒くもないのに粟立つ。正直にものを言っているだけなのに気に入られてしまった。

「いくぞ女ァ！」

エイサップは腰を落とし、剣を構えた。隙を排除した無駄のない動き。まだ攻撃を交えてもいないが、実力の高さを予見させる洗練された構えだ。

指揮能力だけでなく、単体の戦闘力も高い。サンバスタ王国の大将という肩書きも嘘ではないのだろう。

「先手必勝オオッ！」

エイサップの足元が爆発した――そんな比喩表現がぴったりと当て嵌まるほどの強さで大地を蹴り上げ、一気にクリスタとの距離をゼロにする。

「安心しろ！　峰打ち――」

瞬きすらできない圧縮された時の中で、エイサップの剣はクリスタの胴体を捉えていた。

「【武器破壊】」

「だぉ⁉」

クリスタに叩きつけられるはずだった刀身が砂と消え、エイサップは思いっきり空振りした。

かなりの勢いを付けていたせいか、空転したまま地面を転がっていく。

「ま、魔法――⁉　馬鹿な、ただの武闘家がそんな芸当を」

「聖女って言ってるでしょうが」

クリスタを武闘家と決めつけ、拳以外の手段を持っていないと勝手に断定したこと。

エイサップの敗因があるとすれば、それだ。

クリスタは軽く跳躍し、転がるエイサップがちょうど下に来たところで膝を突き出した。

「聖女ニープレス」

「がぼ⁉」

エイサップの身体がVの字を描くように折れ曲がる。しかしただではやられていない。折れた勢いのまま、彼の真上に座る形になっているクリスタを羽交い締めにしようと両手を広げた。

「あ……甘い！」

「気持ち悪いから触らないで」

クリスタは咄嗟にエイサップの手首を掴み、押さえ込んだ。防衛本能というより、生理的な拒絶反応が先行した結果の行動だ。

彼の両手に向けて魔力を解き放つ。

「【拘束結界】」

「な……なんだこれはぁ⁉」

掴んだ手首に極小の結界を発生させ、動きを止める。

馬乗りの状態で、相手は両手を上げて地面に縫い止められている。

もはや負けることの方が難しい状態だ。

「これで触れられる心配は無くなったわ。さ、思いっきりやるから歯食いしばりなさい」

「え……あ、その、ちょっと待っ」

「聖女パンチ——百連」

「あべごぼおぼぼぼぼぼぼぼぼぼぼっぼぼぼばぁ⁉」

これまで向けられていた気持ち悪い言葉の数々もあり、クリスタはいつもより強めに拳を叩きつける。その余波により地面が少しずつ、少しずつ抉れていく。

これだけ殴れば死んでしまっても不思議はないが、パンチと同時にヒールも使用しているので間違えてしまう心配はない。

殺人が禁忌である聖女にとって、ヒールは無くてはならないものだ。

殴り終わる頃には、クリスタとエイサップがいた場所は見事に陥没していた。

白目を剥いたまま泡を噴くエイサップの身体に傷はない。死んでいないことだけを確認してから、僅かに残った彼の部下へと視線を投げかける。

ただそれだけで、部下達は大いに怯んだ。

「たたた……隊長がやられた」

「ば、化物……」

「逃げろぉ！」

誰かの叫びが伝播し、残った者達が一斉に背を向ける。

「待ちなさい」

クリスタは軽く足を上げ、地面を叩くようにかかとを下ろした。

足が竦むような地響きが起こり、彼女が足を下ろした場所が大きな口を開けて裂ける。

「もし逃げたら……『雑巾絞りの刑』に処するわよ」

「は、はひ……降伏します」

「よろしい」

部下達は戦意を喪失し、武器をその場に投げ捨てた。

制圧が完了したものの、そのまま放置はできない。

意識が戻れば逃げるか、また襲いかかられる可能性もある。

とはいえ一人で五十人以上を捕縛するのは骨が折れる。

そこでクリスタは、意識のある者に捕縛を手伝ってもらうことにした。

「それじゃ、全員に縄を掛けていってもらえるかしら」

「は、はい……」

「ちゃんと縛ってね。もし縄が緩かったら『石榴《ざくろ》の刑』に処するから」

「はいぃ……！」

部下達はクリスタの笑顔に恐れおののき、かつての仲間達を次々に縛り上げていく。

「悪く思うなよ……後ろで鬼に見張られてるんだ」

「逆らったら俺らが水分を絞り終わった雑巾みたいにされちまう」

「……」

物凄い言われようだが、従ってくれるならまあいいか、とクリスタは何も言わないでおいた。

「姐さん、全員の捕縛が完了しました」

「ありがと。誰も逃げないように見張っていてもらえるかしら」

「了解しました」

捕縛を終えても彼らを放置する訳にはいかない。クリスタはソルベティストたちが出てくるまで待つことにした。

「あっちももう終わったかしら」

敵はほとんど引きつけたつもりだが、誘拐した子供を完全に放置はしないだろう。

一人か二人、必ず門番が残っているはずだ。

しかしクリスタもまた、ソルベティストが負けるとは微塵も思っていなかった。

ソルベティストがクリスタに全幅の信頼を置いているように。

クリスタもまた、ソルベティストを信頼していた。

一つだけ心配なのは――やりすぎないか、ということだ。

クリスタにとっての逆鱗はルビィに害を与えるモノだ。

そしてそれはソルベティストにも存在する。

「ベティ。やりすぎてないといいんだけど」

自分の事を棚に上げつつ、クリスタは屋敷を見上げた。

九　道化の仮面の下

「こっちッスよ、おじいちゃん」

ジーノを引き連れ、ソルベティストは屋敷の下へ、下へと進んでいく。

ここまでの道中で一人たりとも敵に会わなかった。

クリスタの囮がうまく機能していることの、何よりの証拠だ。

「さすが先輩ッス」

外で大立ち回りをしているであろうクリスタに賛辞を贈りつつ、自分も急がねば、と、階段を下りる足を早める。

「しかしソルベティスト様、どうして子供が捕まっている場所が分かるんですか？」

これだけ広い屋敷ならばどこに捕われていてもおかしくない。

なのにソルベティストは迷いなく地下室へ下りた。

ジーノの当然とも言える疑問に、ソルベティストは至極あっさりと答える。

「貴族サマのお屋敷には、地下牢があるのが普通でしょう？」

貴族の屋敷は地下室が設けられている。

主な用途は二つ。ワインの保管庫と、一時的に賊を閉じ込める地下牢だ。

「元々あるものを利用しない手は無いッス。だから捕らえるなら地下以外ないッス」

「……なるほど」

「それに、見つかりにくい森の中とは言え誘拐した子供達を人目に付く場所に置いておきたくはないでスよね？」

「それは経験則からでしょうか？」

ソルベティストの推測は大まかな筋は通っているが、確証は何もない。

それでも彼女がそうだと断言できるとすれば……そういう経験を既に何度も済ませている、ということだ。

「その辺は想像にお任せするッス」

にひ、と冗談めいた笑みを浮かべ、ソルベティストは答えをはぐらかした。


ソルベティストの推測は見事に的中していた。

地下室の奥、角を曲がった先に、格子に閉じ込められた子供を発見する。

こっそり様子を窺うと、五人の子供が地下牢の中で身を寄せ合い、すすり泣いていた。

「ソルベティスト様が捜しておられた子は二人でしたよね？」

「どーやら、別の場所でも悪さしていたみたいッスね」

地下牢の前には二人の見張りが残っていた。

定期的に起こる地響きに、子供達が怯えた声を上げる。

クリスタの仕業だ。

（……先輩、ちょっとやり過ぎッス）

胸中でぼやきながら、ソルベティストは突入のタイミングを計っていた。

「ち、黙ってろこのガキ共がぁ！」

格子を蹴飛ばしながら、見張りの男が怒声を張り上げた。

理不尽に怒鳴られた子供達はさらに怯え、ぐずぐずと鼻を啜っている。

それらに苛立ちながら、見張りの男達はよく通る声で話し始める。

「ったく、一体何が起きてるんだ？」

「全く分からん。様子を見に行った連中もまだ戻ってこないな」

「ち、これからシルバークロイツに奇襲を仕掛けようって大事な時に」

（……奇襲？）

彼らがどこの人間であるか、ソルベティストはまだ知らない。

しかし会話の内容からなんとなく他国の人間であることを察した。

（ワラテア王国……いや、サンバスタ王国っぽいッスね）

サンバスタ王国は奴隷市場が活発で、特に子供の売り買いが絶えない。

子供好きのソルベティストに言わせると『クソみたいな国』という悪印象しかない。

（他国に来て商品の調達ッスか。節操のない連中ッスね）

「こんなガキのお守りなんてとっとと終わって、派手に暴れたいんだがなぁ」

「全くだ」

見張りの男は用も無いのに剣を抜き放ち、それを子供達に見せびらかすように掲げた。

怯える子供達をさらに萎縮させ、楽しんでいる。

「ははっ。いいビビりっぷりだ。命令がなけりゃ試し斬りの練習にしたいくらいだ」

「やめとけ。こんなクソガキでも十分な労働力になる。俺たちのために死ぬまで働いてもらわないとなる」

「それもそうか」

「ああ。所詮子供なんざ、使い捨ての道具だ」

――。

クリスタの心配は見事に的中した。

見張りの二人は期せずして、ソルベティストの逆鱗に触れてしまったのだ。

いつも飄々としているソルベティストだが、怒った時はクリスタよりも恐ろしい……というのはエキドナの弁だ。

「ソルベティスト様……どうされました？」

ふらり、とよろめくソルベティストにジーノが音量を絞りつつ声をかける。

「ちょっと、キレちゃいました」

「……はい？」

目を丸くする老執事に、ソルベティストは手を差し伸べた。

「おじいちゃん。私が合図したら一緒にジャンプするッス」

「え」

「いいから。せーの」

訳が分からないながらも言う通りに手を握り、ジーノはその場で飛んだ。

（――転移）

足が地面に落下する前に、ソルベティストは聖女の力を行使した。

聖女の力は――クリスタ曰く――魔法の力と同様のため、捉え方によって無限にその力を変容させる性質を持っている。

クリスタは破壊の力に。

ユーフェアは予見の力に。

そしてソルベティストは――転移の力に。

「な⁉」

「お前ら、どうやって入ってきた⁉」

着地する頃、二人の姿は牢屋の中に移動していた。

前触れもなく、まさに空中から『湧いて出た』二人に、見張りが驚きの声を上げる。

子供達も泣き声を引っ込めるほど驚いていたが、そのうち二人がソルベティストに気付いて飛びつく。

「ベティおねえぢぁぁぁぁん‼」

「わあああああ！　ごわがったよぉおおお！」

二人の様子を見て味方だと思ったのか、三人の見知らぬ子供達もソルベティストにしがみつき、わんわんと泣き始める。

「よしよし。もう安心ッス」

子供の頭を順番に撫でてなだめつつ、ソルベティストはジーノを指し示す。

「みんな、少しだけ私から離れるッス」

「ベティおねえちゃん……？」

子供達を安心させるように、いつもの調子で歯を見せて彼女は笑った。

「ちょっと悪者を懲らしめてくるッス」


再び転移を使い、自分だけ地下牢の外に出る。

本来は子供達を外に逃がさないための檻が、今は彼らを守る盾になってくれる。

（まあ、ここで暴れる気はないッスけどね）

格子があるとはいえ、あまりにも狭すぎる。

子供たちに飛び火する可能性がある場所で戦う訳にはいかない。

「おじいちゃん。私が戻るまで子供達を頼むッス」

「お任せください！」

白い手袋に包まれた掌を握り締め、ジーノが力強く頷く。

「よそ見とは良い度胸じゃねえか！」

「死ねぇ！」

「当たらないッス」

背後から迫る見張り二人の剣を躱《かわ》し、彼らの背後に転移する。

「おじいちゃん。受け取るッス」

「これは……鍵？」

ソルベティストが投げたのは、牢屋の鍵だ。

「頃合いを見てみんなと一緒に逃げてくださいね」

盗られた男は慌てて鍵を取り付けていたベルトに手を回し、そこに何もないことに遅まきながら気付く。

「な……いつのまに⁉」

「すまないッスねぇ。手癖が悪くて」

ぺろ、と舌を出すと、男は顔を真っ赤にして激昂した。

「ふ——ふざけやがってぇ！」

「場所を変えましょうか」

再び襲いかかってきた二人の背後に転移する。そのまま首を掴み、今度は彼らも引き連れてさらに別の場所へ転移する。

移動した先は——テラスだ。
ここを選んだ理由は特にない。最初に侵入した場所、ということでなんとなくイメージしやすかったのだ。

広さはそこそこにあり、地下のような閉塞感はない。

「ここでいいか。さてと、覚悟はいいッスか？」

「盗人め、それはこっちの台詞だ！」

「二対一で勝てると思っているのか！」

見張りの男はよく研がれた鋭い剣の切っ先を向け、鼻を鳴らして笑う。

「移動魔法の連続使用。一見すると超高度な技を連発しているように見えるが、種はこれだろう？」

男は懐から小さな石を取り出した。

魔法の力を封じ込めた魔法石だ。

「魔法石をタイミング良く使い、実力以上の使い手と誤認させる。お前のような見た目だけの底辺魔法使いの常套手段だ」

「私、魔法使いじゃなくて聖女なんスけど」

「嘘をつけぇ！　お前のようなふざけた聖女がいるものか！」

聖女に見えないことは自覚している。いちいちそれを証明するのも面倒なので、ソルベティストは特に反論しなかった。

転移も同様だ。そもそも魔法の造詣に深くないソルベティストは「なんとなくやったらできた」だけで、その原理を説明できない。

なので、こういう手合いにはいつもこう返すようにしていた。

「ま――想像にお任せするッス」

それを挑発と受け取ったのか、男達は再び犬歯をむき出しにして叫ぶ。

「ほざけ道化が！　もうネタは割れてるんだよ！」

「その余裕、いつまで保っていられるか見ものだ！」

その声を合図に、二人が両側から同時にソルベティストを攻め立てる。

「お得意の転移で逃げるか⁉　しかし、我々はいつまでもお前を追いかけ続けるぞ！」

「さあ、大人しく剣の錆になれぇ！」

「——あなたたちごとき、逃げる必要なんてないんスよ」

ソルベティストは薄く唇を開き、左右から迫る剣に触れた。

「おご⁉」

「ぽぎ⁉」

次の瞬間、男達は頭から地面へ逆さまに落ちて悲鳴を上げた。

「な……ななな、何だ、今のは」

「その場であなたたちの位置を上下に百八十度入れ替えただけッスよ」

ソルベティストの転移はただ移動するだけのものだ。

クリスタのように直接的な攻撃手段にはならない。

しかし、全く攻撃に使えない訳でもない。

身体の位置を回すだけで相手の攻撃は届かなくなるし、転移の場所によっては立派な攻撃となる。

例えば——テラスの外に転移させ、下に落とす、など。

「そんな子供騙しが通用すると……」

「頭から落ちといてよく言うッスね」

「だ、黙れこの卑怯者がぁ！」

「効かないッスよ」

見張りの男達はすぐ目の前で小馬鹿にしたように腹を抱えるソルベティストの首を狙った。

——しかし得物を振り抜く頃には、その手に何も握られていなかった。

「え？」

「お、俺たちの剣は……⁉」

「——クリスタ先輩の技には及ばないッスけど」

ソルベティストは真後ろを指さした。

見張りの二人は、それに釣られるように後ろを振り向く。

そこには、無くなったはずの二人の剣が遠く離れた木の枝に引っかかっていた。

「こうして武器だけを転移させれば、疑似【武器破壊】もできるんスよ」

たかが転移。されど転移。

要は使いようなのだ。

「さて。これからお二人を素敵な場所に招待するッス」

ソルベティストは間抜けにも背中を向ける見張り二人の首を掴み、再び転移した。

次の移動先は——建物の遙か上。樹齢幾百年の木々よりも高い空だ。

「あ⁉」

「ひぁ⁉」

突然の浮遊感に悲鳴を上げる二人を無視し、ソルベティストはさらに転移する。

「もういっちょ」

さらに上。今度は森全体が見渡せる場所へ。

「まだまだ」

さらに上。オルグルント王国およびサンバスタ王国の全体図が見下ろせた。

「もっともっと」

さらに上。複雑な水流が渦巻く海域と、その向こうにある不気味な島が映る。

「さらにさらに」

さらに上。島の向こう側——黒い雲に覆われた地平線までもが見えた。


「——っと、ここまでッスね」

ソルベティスト一人で上昇できるのは雲の下までが限界だ。さらに上——雲の向こう側はクリスタの【聖鎧】ですら数秒と持たない〝無の領域〟がある。

——神様が本当にいるのか証明したいの。雲の上に連れて行って。

(あの実験を手伝ったときは死ぬかと思ったッスねぇ……)

しみじみと回想する。

クリスタの無茶な要求に「面白そうッスねぇ」と軽く返答した結果、危うく二人とも滑落死するところだった。

もう一年も前の話だが、昨日のことのように鮮明に思い出せる。それほど強烈な出来事だったのだ。

今回、ソルベティストの逆鱗に触れた二人には――その時の恐怖を味わってもらうことにする。

「どーですかこの景色。なかなかお目にかかれないでしょう？」

「ああああああああああああああああああああ⁉」

「たすけてえええええええええええええええ⁉」

落下するとき独特の浮遊感と眼下に広がる景色を楽しみながら、ソルベティストは男達に同意を求める。

が、彼らにそんなものを見る余裕など無い。

突然天高く転移し、そこからいきなり放り出されたのだ。

自然と出てくる涙は一瞬で乾き、本能的な恐怖を前にただひたすら喉を嗄《か》らしながら絶叫する。

「ああああ！　おああああああ⁉」

「情けない顔してるッスねえ」

その様子をひとしきり眺めて楽しんでから、ソルベティストは不意に笑みを消した。

「――そういえばさっき、地下で何か言ってましたね。子供は使い捨てだとかなんとか」

「ごぎ⁉」

ソルベティストの話など耳に入っていない様子の男の首を掴み、無理やりに顔を向けさせる。

「テメーに聞いてるんスよ。答えろ」

至近距離で目を合わせたソルベティストは、それまでの飄々とした表情から一変していた。眼力だけで人を殺《あや》められるほどの殺意がたっぷり込められた瞳に射竦《いすく》められ、男は喉から謝罪の言葉を口にした。

「い……言いました！　調子に乗ってただけなんです！　ごめんなさぁああああああぃ！」

「今さら謝ったってもう遅いッス」

ソルベティストは目を細め、唇を三日月の形にしただけの酷薄な笑みを浮かべながら、親指を下に向けた。

その先には、高速で迫る地面がある。

「子供を食い物にする奴はもれなく地獄に落ちろ」

「──ごぼ」

男達は二人とも、恐怖のあまり地面に激突する前に意識を失った。


「──なーんちゃって」

ソルベティストは男達を引き連れ、屋敷の傍に転移する。

上空で見せた冷徹な表情はどこにもなく、舌を出し、悪戯が成功したときの子供のようにおどけた笑みを浮かべる。

「命拾いしましたね。聖女に殺しは御法度《ごはっと》なんスよ──って言っても、今は聞こえませんね」

どんな悪人でも——たとえ自分の逆鱗に触れるような相手であろうと——命までは奪わない。

それが聖女の戦い方だ。

「お仕置き完了ッス」


「ベティ。終わったのね」

ソルベティストが予想していた通り、クリスタは彼女よりも早く敵を制圧していた。何人かだけ残し、彼らに仲間を見張らせている。

「先輩、早すぎッスよ」

「魔力の残りが微妙だったから、少し急いでいたのよ」

ソルベティストが地下室の二人にトラウマを与えるため、あえて時間をかけて倒したという点を加味しても、仕事が早すぎる。

（……こっちは二人で、先輩は五十人以上。なのにクリスタ先輩の方が早く制圧してる）

こういう光景を見る度、ソルベティストの中で「クリスタ先輩ならこのくらいは当然ッス」という誇らしさと「この人は本当に同じ聖女なんスか……？」という疑問がせめぎ合う。

「お疲れ様です、先輩」

「ええ」

クリスタとソルベティストは手を上げ、景気よくお互いの掌を打ち鳴らした。

十　失敗を糧に

「どこも怪我してないッスか？」

「うん。ありがとう、ベティおねえちゃん」

「……良かったッス」

ソルベティストが助け出した子供達の頭を撫でつつ、身体の状態を確かめる。

子供の様子を見ている時の彼女にいつもの飄々とした様子はなく、姉が妹に浮かべるような優しい笑みを浮かべている。

クリスタの視線に気付き、ソルベティストが顔を上げた。

「どうしたんスか先輩。私の顔をじーっと見て」

「いいえ。いつもそうして笑っていたら可愛いのに、勿体ないと思っただけよ」

「……私、口説かれてるんスか？」

ぷ、と噴き出しながら、ソルベティスト。

「教会にもう少しだけ愛想良くすれば、待遇が良くなるかもしれないわよ」

「あんな奴らに尻尾を振るなんてお断りッス」

苦笑いしながら、ソルベティストは首を横に振った。彼女は——彼女も、と言うべきか——教会との仲があまり……いや、はっきりと悪い。

過酷な環境を生きた過去を持つ彼女は、国家権力の腐敗した部分を嫌と言うほど見て育った。そのため、権力を笠に着た相手を毛嫌いしている。

(多いのよね……教会にそういう人)

クリスタも教会との仲は決して良いとは言えないが、彼女の場合は向こうから一方的に毛嫌いされているだけで、クリスタ自身は特に何も思うことはない。

「神の名の下に……って言えば何しても許されると思っているところが嫌いッス。先輩もそう思いませんか?」

「私はどちらかと言うと物事を曖昧なままにしているのが嫌ね」

聖女も結界も神も魔法も、もっとはっきりと確定させた方がスッキリするのに、どうして曖昧なままにしておこうとするのか。魔法研究者であるクリスタにはそれがさっぱり理解できない。

いつだったか、神は雲の上に御座《おわ》す、という話を小耳に挟み、それをソルベティストと共に立証した。

——雲の上には誰も居なかった。だから神の存在は確定ではない。

神の存在を否定した訳ではない。ただ、雲の上には居なかった。その間違いを指摘しただけなのだ。

なのに教会本部の最高権力である長老達に呼び出され、大目玉を食らった。

聖女の力=魔法という理論も発表する前に止められた。

彼らがこれらを認める日はいつになるだろうか。

（ま、理論は合っているからそれでいいんだけどね）

「ヴァルトルコバルト領、シーナ村」

「うん。そこに私たちの家があるの」

ソルベティストが捜していた孤児と共に助け出した三人の子供は、オルグルント王国西側の出身だった。

「その村には行ったことないッスねぇ。よく行く場所ならちょちょいと送ってあげられるんスけど」

ソルベティストは長距離を転移する際、必ず移動の目印となる紋章が必要になる。

それがない場合、暴発して意図しない場所に転移する可能性がある。

「こうしましょう。一旦王都まで転移して、そこから馬車で行く。これなら一週間もかからないッス」

「いいの？」

「もちろん。私に任せるッス」

「ありがとうお姉ちゃん！」

子供との会話を終えたソルベティストは、彼女たちに合わせていた視線を元の高さに戻し、クリスタ達に向き直る。

「先輩。この子達は私が送ります」

ソルベティストは孤児以外の子供達も送り届ける役目を買って出てくれた。

クリスタが請け負っても良かったが、彼女はこれから捕縛したサンバスタ兵やグレゴリオへの報告が残っている。

何より、クリスタは子供にあまり好かれないタイプだ。

いくら愛想良く笑っても、怖がられてしまう。送るのは全く構わないが、会話が続く自信がない。

なので、純粋にソルベティストの申し出はありがたかった。

「……」

ちら、と、子供達に視線を向ける。

全員、ソルベティストにべったり――いつの間に仲良くなったんだろうか――で、彼女の後ろから顔を半分だけ覗かせている。

クリスタが恐ろしいのか、笑顔で手を振ってもすぐに隠れられてしまう。

クリスタ自身、子供は好きな方だが……怖がっている相手と無理に話すことも無い、と、いつも最低限しか声をかけない。

「ソルベティスト様。もう夜も更けておりますし、今日はシルバークロイツ領で休んでいかれては如何《いかが》でしょう？」

「ありがたい申し出ッスけど、早くこの子達を元の場所に帰してやりたいので」

ジーノは休むよう提案するが、ソルベティストはそれをやんわりと断った。王都で宿を取り、早朝から彼らの故郷を目指すとのこと。

「そうですか。是非おもてなしをさせていただきたかったのですが」

「あはは。じゃあ今度、頃合いを見て行かせてもらうッス」

「ええ、ぜひそうしてください」

「それじゃ、私はこれで」

ソルベティストはいつもの気軽さで手を上げてから、子供達と輪を作った。

転移する前の、いつもの掛け声をかける。

「よーしみんな、手を繋いで。私がせーのって言ったらジャンプするッスよ！　せーの！」

一瞬で姿を消したソルベティストと子供達を見送ってから、クリスタはジーノに向き直った。

「私たちも戻りましょうか。シルバークロイツ領へ」

▼
▼
▼

「よくぞやってくれた」

グレゴリオに事の顛末を報告すると、彼はクリスタに深く、深く頭を下げた。

「成功を疑っていなかったが、まさか本当に半日で敵を壊滅させるとは！　実に痛快だ！」

「手練れがいませんでしたからね」

唯一いるとすればエイサップだが、彼はクリスタを武闘家だと勘違いし、勝手に特攻してくれた。

もし【武器破壊】を知られていてもクリスタが負けることはないが、時間はもう少しかかっただろう。

それ以外の敵兵は統率されていたものの、個々の力はいわゆる雑魚だった。

あの中に数人、強者が交じっていたら……【聖鎧】の制限時間もあり、苦戦していたかもしれない。

手練れがいないことを喜んでの発言だったが、グレゴリオは全く別の意味で捉えていた。

「お主を唸らせるほどの強者はおらなんだか。それはそれで寂しいという気持ち、よぅく分かるぞ！」

「全然分かってないですね？」

もしかして、戦闘狂と勘違いされているのでは——そんな不安がクリスタの胸をよぎるが、あえて口には出さないでおいた。

「礼をさせてくれ。何か欲しいものはないか？」

「いえ、お気持ちだけで結構です」

「アランはどうだ？」

「絶対いりません」

「はっはっは！　手厳しいな！」

間髪容れずにぴしゃりと言い切ると、グレゴリオは口を開けて禿げ上がった頭を叩く。

その後——笑みを引っ込めた。彼にしては心なしか小さな声で、

「しかし……侵略に誘拐か。ワシらが想像しているより遥かに隣国の中は穏やかでは無いようだな」

「ええ」

「まだしばらく気は抜けんな」

グレゴリオはぽつりとそう漏らした。

「まあいい。もし奴らが攻めてくれれば、シルバークロイツの名にかけて王国の土は踏ません」

「頼りにしていいます。けれど何かあれば力をお貸ししますので、いつでも仰ってください」

「ガハハハ！　なんと心強い！」

クリスタとグレゴリオは大きさのまるで違う拳を突き出し、こつん、とぶつけ合った。

「部屋を用意してある。今日はゆっくり休んでくれ」

「ええ。そうさせてもらいます」

▼▼▼

「お姉様、お帰りなさい」

ジーノに案内された部屋の中では目を覚ましたルビィが待っていてくれた。

「もうお仕事は終わったんですか？」

「ええ。帰りの馬車も一緒に行けるわね」

「嬉しいです」

可憐な花が咲くような笑顔を向けるルビィ。

クリスタは駆け寄ってきた彼女を両手で包み込み、ぎゅう、と抱きしめた。

たったそれだけで、今日消費した気力がみるみる回復していく。

どんな癒しの奇跡も、妹の力には勝てないことがよく分かる。

「さて、今日はもう休みましょうか」

「はいっ」

クリスタとルビィは同じベッドに入る。

「お姉様、今回はどんなご活躍をされたんですか？」

「いつも通りよ。悪さをする奴らがいたから懲らしめ――じゃなかった、平和的に話し合いをして解決したわ」

クリスタは守秘義務に触れない範囲で、今回の出来事を簡単に話して聞かせた。

「すごいなぁ。お姉様。それに比べて私は……」

「ルビィ？」

うっとりとクリスタを見つめてから、不意にルビィはため息を吐いた。

月明かりだけが周囲を照らす中、ルビィの表情にくっきりと影を作っていた。

「お姉様は魔法研究者として大成した上、国を守護する聖女としても人々から感謝されています。しかし私はどうでしょう」

頭の位置を少しだけ低くして、ルビィは布団の中に顔を埋もれさせた。

「勉強は中の中。魔法はからっきし。こんな私が貴族の娘として役に立つには誰かの下に嫁ぐしかありません」

「……」

「なのに前回も今回も結婚できず終《じま》いでした。エレオノーラ家の娘として……ぐす、我が身を恥じるばかりです」

――そういえば、ウィルマとの婚約はまさに青天の霹靂《へきれき》と言えるほど急な話だった。

話を聞いたとき、クリスタは「ずっと家にいてほしい」と懇願しそうになる本心を黙らせ「妹の成長を見守るのが姉の務め」と魔法研究所の私室で涙したことを思い出す。

あれはルビィが成長したのではなく、クリスタや実家に負い目を感じていたから――？

「ルビィ……もしかしてだけど、婚約を急いでいた理由って」

「ずっと考えていたんです。私は単なる無駄飯食らいなんじゃないか、って」

「そんなことないわ」

「けどお姉様は、今の私より若い頃から領地にたくさん寄付していましたよね？」

クリスタは結婚こそしていないものの、研究所や教会から多額の給金を得ている。

持っていても仕方がないものなので、寄付という形でエレオノーラ領にほとんどの額を手渡していた。

姉が早くから自立している上、領地に多額の寄付を行っている。

なのに妹はいつまで経っても親のすねをかじっている――そんな風にルビィを貶《おとし》めるような者は領地にいない。

居るとすればただ一人。

ルビィ自身だ。

ルビィの、自分自身の無能さを指差す声は次第に大きくなり、いつしかそれはクリスタと同じことをしたいと願う気持ちに変化した。

『極大結界』を管理するクリスタのように、人々の役に立ちたい。

しかしルビィは聖女ではないし、ましてや魔法の才能も無い。

これだけはどうしようもなかった。

代案として考えついたのが、良家と繋がることだという。

「そう……だったの」

「でも結局、お姉様をはじめとした皆さんに迷惑をかけるだけでした。私はどうしようもない落ちこぼれです」

「そんなこと言わないの。怒るわよ」

涙声を交じらせるルビィを、クリスタは優しく抱き寄せた。肩に手を置き、一定の間隔で、とん、とん、と叩く。

しばらくそうしていると、知らぬ間に強ばっていたルビィの肩から少しずつ力が抜けていく。

(小さかった頃、よくこうしていたわね)

父に叱られたり、雷が鳴り響く夜などはよくこうして落ち着かせていたことを思い出す。

「落ち着いた？」

「はい……すみません」

「ルビィ、よく聞いてね」

ルビィの顔を上げさせ、クリスタは努めて優しく、ゆっくりと諭した。

「何度でも言うけれど、前回も今回も、あなたに非はない」

ウィルマはルビィを利用してエレオノーラ領の利権を奪うのが目的だった。

そしてアランも——本人は知らなかったようだが——、見合いを隠れ蓑にした作戦の一環だった。

どちらもルビィは巻き込まれただけだ。

「けどお姉様」

「非はなくても周囲に迷惑をかけたのは事実——なんて考えてる？」

「……っ」

図星を指され、ルビィは押し黙った。

クリスタは彼女の頭を撫でながら、優しく目を細める。

（本当に優しい子なんだから）

他人の痛みを自分のものとして感じられる。しかしルビィの場合、それがあまりに強すぎて自分自身を傷つけている。

「ルビィ。あなたは勘違いをしているわ」

「勘違い……？」

「まず、私もお父様も迷惑だなんて思っていないわ」

自分で言うのも何だが、父は自分たちを溺愛している。婚約破棄されたとしても心配はするだろうが、迷惑と思うことなどあり得ない。

クリスタに関しては言わずもがな。ルビィの為に行動できたのであれば、むしろ姉としては至上の喜びだ。

「それからもう一つ。私は確かに聖女として人々を守っているけれど、それと同じくらい人に迷惑もかけているわ」

「ええ？」

それが余程意外な事だったのか、ルビィは目を丸くした。

クリスタにとっては、そういう反応を返されること自体が意外だ。

普段のクリスタを知る者に言わせれば「でしょうね」という反応しかできない。

「あなた、私をどういう人だと思っていたの」

「何をするにも完璧な人と思っていました」

「私はそんなにできた人間じゃないわ」

（なにせ、人の心すら理解できない大馬鹿野郎だったんだから）

かつてルビィに教えてもらった人のぬくもりの温かさ。

あの日の出来事を思い浮かべながら、クリスタは苦笑を返した。

「間違いを犯しもするし、失敗もする。けれど恥じることじゃないわ。失敗するのが普通だもの」

魔法の研究が良い例だ。

百の失敗を重ね、ようやく一つの理論が成り立つ。実証できれば万々歳、徒労に終わることが当たり前の世界なのだ。

「そうやってたくさん失敗して、怒られたおかげで今の私があるのよ」

何の努力もなく完璧に全てをこなせるとすれば、それは神以外にあり得ない。

「ルビィ。あなたは今回、婚約者探しを焦るあまり相手を見定めることを怠った」

「……はい」

「その失敗は次に活かせばいいのよ。そうやって人は成長するんだから」

――人間は失敗することで経験を積み、成長する。

とある本の受け売りだが、それを今回の出来事に当てはめれば――ルビィは「失敗」という経験を積んだのだ。

「今回の失敗が、いつかどこかで成功の花を咲かせる栄養になることを期待しているわ」

「お姉様……ありがとうございます」

ルビィは再び涙声になり、クリスタの胸に顔を埋めた。

彼女の嗚咽が寝息に変わるまで、それほど時間はかからなかった。

彼女の頭を撫でているうち、クリスタも眠気を覚え――目を閉じた。

▼　▼　▼

翌日。

ルビィと共に出立しようとすると、グレゴリオ達が見送りに来てくれた。

「世話になった」

「いえ、こちらこそ」

改めて握手を交わすクリスタとグレゴリオ。

彼の後ろにはジーノと……顔を腫れ上がらせたアランがいた。

何か恨み言でも言いに来たのかと警戒するが、そわそわした様子を見るに違うようだ。

「捕縛したサンバスタの兵士達はみな協力的だ。よほどお主が怖いようだぞ?」

まだ取調中ということもあり、クリスタはそれ以上のことは聞かされなかった。

「何か分かれば連絡する」

「よろしくお願いします」

「また会おう、我が盟友《とも》よ」

「……」

いつ盟友になったのだろうか。

当の本人のはずなのに、そんな宣言をした記憶は一切無い。

「今は隣国に気を配らねばならん状況だが、落ち着いたらまた来るが良い。その時はたっぷりと殴《かた》り合おう」

「やっぱり私のこと戦闘狂と思ってません⁉」

クリスタの叫びは、大笑いするグレゴリオには届かなかった。


「それからもう一つ」

「……まだ何かあるんですか?」

グレゴリオが巨体を脇に退けると、アランが前に出てきた。

アランは腫れて動かしにくそうな唇をモゴモゴさせてから、ぽつりと呟いた。

「最後に妹と少し話をしたい、構わないか？」

――勝負に負けたらルビィに謝る。

アランはその約束を果たしに来たのだ。

クリスタはちらり、とルビィに視線を送る。

「私は大丈夫です。アラン様、そのお怪我は」

「ああ……ち、父上に君を殴ったことに対して折檻されただけだ。気にするな」

クリスタの方を一度見てから、アランはそう誤魔化した。

それから一歩前に出てルビィに向かって深く頭を下げる。

「その……すまなかった。心ない言葉と暴力で君を傷つけてしまったこと、深く反省している」

「こちらこそ、突然叩いてしまってごめんなさい……けど」

「けど？」

「どうしてああいう考え方になったのか、良ければ聞かせてもらえませんか？」

「……」

アランはしばらく逡巡したのち、ゆっくりと口を開いた。

「シルバークロイツはオルグルント王国の盾だ。故に領主は強くあらねばならない」

その様子を少し離れて見ていたクリスタは、話の腰を折らぬよう小声でグレゴリオに尋ねる。

「話し合いはしたんですか？」

「ああ。お主の言った通り、何でも話をしてみるものだな」

アランの胸中を理解したらしいグレゴリオは、厳つい顔つきに似合わない優しい笑みを浮かべていた。

「しかし、見ての通り俺は母親似だ。腕も細く、いくら鍛えても父上のように屈強な筋肉はついてくれない。いずれ領主の座に就くことになっても、周囲からはナメられるだろう」

アランは焦っていた。

父の背中を見てどうすればいいかは理解していた。

身体を鍛え、豪快に部下を引っ張っていくその姿を真似れば、シルバークロイツを守れると信じていた。

しかし、自分ではどう足掻いても父のいる高みに登ることはできない。

だから本を読み、強くなるためのヒントを探した。

そこで巡り合ったのが、男尊女卑に関する本だ。

そこには強い男子でありたければ常に強気で女子に命令しろ、と書かれていたらしい。

「これだ！　と思った」

（どうしてそうなるの？）

喉元まで出かかったツッコミの言葉を、クリスタは必死で呑み込んだ。

端から見れば馬鹿馬鹿しく思える選択でも、アランはアランなりに悩み、苦しんだ末に出した答えだ。

敵を欺《あざむ》くための作戦とはいえ、まだ若い身空で辺境領主という重い役を任命された。その重圧はクリスタの想像を絶するものだろう。

同じ境遇を経験していないクリスタが口を挟めることではない。

「けど、君のおかげで目が覚めたよ」

アランは静かに首を振る。

あの尊大な態度も本の真似をしていたらしく、この柔らかい話し方が本来の彼のようだ。

アランは静かに首を振ってから、自らの頬を撫でた。

見合いの際、聖女をこき下ろした彼にルビィが頬を打った場所だ。

「お姉さ……じゃなかった、父上の拳は痛かったけど、一番効いたのはこいつだ」

「ごめんなさい」

「いやいいんだ。今回の失敗を経験に、俺はまた一歩前に進めた」

「……私もです」

失敗、と聞いて何か共通項を感じたのだろう。くすり、とルビィが微笑む。

「お互い、大人になることを焦っていたのかもしれませんね」

「そうだな。まだまだ勉強が必要だ」

経緯は違えど、ルビィとアランはどちらも近しい人物を見て焦っていた。

オルグルント王国の盾となる領主。

オルグルント王国を守護する聖女。

どちらも手の届かないものを求め過ぎたせいで、互いに痛い目を見た。

しかし、この経験はいつか花開く。

ルビィとアランは柔らかく微笑み合い――そして、どちらからともなく手を差し伸べた。

「お互い、いい人に巡り会えるといいですね」

「……ああ」

▼
▼
▼

シルバークロイツでの仕事を終えたクリスタは、帰るまでの僅かな時間を使って露店を見て回った。

『『あ』のつく食べ物って何が思い浮かぶ？』

一緒に歩くルビィにそう尋ねる。彼女はメイザへの土産として、ワラテア王国産の紅茶を選んでいた。

「アップルパイ……とかでしょうか」

「なるほど」

山暮らしのユーフェアは、そこであまり食べられないものを好む傾向にある。

アップルパイならその条件に当て嵌まる。

「よし。今度家に招待したときにアップルパイをご馳走しましょう」

「楽しみですね」

まだユーフェアの予定を聞いていないが、一日くらい時間を取れるだろう。

そのうち開かれるホームパーティーを想像しながら、二人はシルバークロイツを後にした。

十一　分かっていなかった男をもう一度分からせる

辺境領で暗躍する一団は壊滅した。

サンバスタ王国への警戒はまだ解けないが、少なくとも直近の危機は取り除けたと言って良い。

オルグルント王国の平和は守られたのだ。

なのに――。


「どぼぢで」

クリスタは涙目になりながら、大量に積まれた書類に埋もれていた。

ここは教会の地下資料室。またしてもやらかしてしまった罰として、ここの整理を命じられた。

埃が大量に積まれた資料を年代毎により分け、一つ一つ箱に詰めていく。

彼女のすぐ後ろには、シワを深く刻ませた老婆――マリアが立っていた。

「なーーーにが『どうして』だい！　あれだけのことをしておいて、まさかお咎めなしだなんて思ってないだろうね!?」

「私は何もしていません！」

「見合いの付き添い人に扮《ふん》して憲兵長からの依頼を代行。領主の息子アランをブチのめし、さらに

は『魔女の遊び場』を利用してシルバークロイツに攻め入ろうとしたサンバスタ兵を壊滅させる――これのどこが『何もしていない』って言うんだい⁉」

「ど、どうしてそれを⁉」

何故かクリスタの行動はすべて筒抜けになっていた。

教会が知らないところを見るに、マリアだけに何らかの方法で情報が伝わったようだ。

「こ、今回はシルバークロイツ卿の依頼を受けただけですよ⁉　聖女の力の私的利用ももちろんしていません！」

非公式ではあったものの、他ならぬ辺境伯からの依頼だ。

辺境領の危機を救ったのだから、罰されるのはおかしい。

そう抗議するが、マリアは冷たい目でクリスタを見下ろした。

「グレゴリオの息子を派手にぶっ飛ばした件は？」

「それはルビィに危険が及んだので仕方ないです。妹に関してはノーカウントで」

「この大たわけがぁ！　アンタは前回のことで何も学んじゃいないね！」

「ひぃ⁉」

鬼の形相でクリスタを叩くマリア。

クリスタは言い訳もできず、ただ縮こまることしかできなかった。

しばらく折檻を続けていたマリアだったが、ほとぼりが冷めたのか、はぁ……、と大きく嘆息した。

「全く……アンタはいつまで経っても変わらないね」

聖女は国に全てを捧げる存在だ。

滅私奉公。自己都合をすべて後回しにして王国の繁栄を陰で支えなければならない。

これまでの聖女たちはずっとそうだった。

——それらはクリスタにはできないことだ。

聖女の規律よりも魔法の研究が第一で、聖女の力すらも研究対象にしてしまう生粋の魔法オタク。

そして何より——。

「妹よりも優先すべきことなんてありません」

「はぁ……」

クリスタの口から妹の名が出るたび、マリアは深いため息を吐いた。

「それに、前回犯した失敗はちゃんと改善できていますよ」

「……なんだって？」

「今回は『極大結界』の維持もちゃんと並行でやりましたし、グレゴリオ卿が良い感じにまとめてくれたので私が関わったという証拠も出ていないはずです」

だからこそ教会からのお咎めがなく、マリアからの罰も資料整理という地味なもので済んでいる。

前回の失敗を糧に、しっかりと前進できている。

「どうです？　前回よりはうまくできていたぁい⁉」

えへんと胸を張るクリスタの声は、途中で悲鳴に化けた。

マリアの杖が再び脳天を穿ち、その場にうずくまる。

「私は『もうするな』って言ったんだよ！　誰が『うまく隠せ』なんて言った!?」

一度収まったはずの怒りが再びこみ上げてきたのか、マリアは苛立たしげに杖で床を叩いた。

「まさかとは思うけど、聖女の本分を本当に忘れたんじゃないだろうね？」

「『極大結界』の管理、解毒・解呪・治療、戦闘区域で戦う者の鼓舞でしょう？」

「それのどこに『敵組織を壊滅させる』なんて書いてある!?」

「緊急事態だったんです！」

サンバスタ兵はシルバークロイツに攻め入る直前だった。

ルビィのいる領に攻め入るなど、姉として断じて放置するわけにはいかなかった。

「……ったく、グレゴリオの奴にもキツく言っておかないといけないね」

「そういえば、どうして私が関わっていたことに気付いたんですか？」

「グレゴリオの奴から手紙が来ていたんだよ」

辺境領主とはいえ、教会管理の聖女を使うのは越権行為に当たる。

それを踏まえた上で内密にする……という話だったのだが。

マリアは懐から分厚い紙束を出し、それをクリスタに見せた。

「あいつは妙なところで律儀だからね。私だけには話しておかないと、とでも思ったんだろう」

手紙には事後の報告になってしまったことと、内密でクリスタに非公式の依頼をしてしまったことへの謝罪文が短く簡潔に書かれていた。

グレゴリオの太い腕で書いたとは思えない繊細な達筆に、クリスタは二重の意味で驚いていた。

「この後の手紙は何です？　近況報告？」

「アンタへのお褒めの言葉さ」

「え」

二枚目以降には、クリスタ（の拳）がいかに素晴らしいものかが長々と書き記されていた。さらに末尾には、シルバークロイツ領へ引き抜きたい……とも書いてある。

「『可能ならばシルバークロイツ辺境領にてその辣腕《らつわん》を振るえるよう取り計らっていただきたく――』って、何ですかコレ」

随分と褒められてはいたが、まさかここまで気に入られるとは。

マリアは長いため息をつきながら、目頭を指で押さえた。

「グレゴリオの奴め……よりによってクリスタに目を付けるとは」

「そういえば、二人はお知り合いなんですか？」

「ああ。三十年ほど前に少しね」

まだグレゴリオが領主になって間もない頃、他国からの侵攻があった。

その時既に聖女だったマリアは、長引く戦闘の補助要員として駆り出され、グレゴリオと知り合ったそうだ。

それ以来、深い親交はないものの、顔を合わせれば世間話をする程度の仲になっている。

「傾国と呼ばれていた頃ですね」

「その言い方はやめな」

若かりし頃のマリアは国王すら傾倒するほどの美女だった。

クリスタは実際にその姿を見たことがある。


大陸中央、魔物のひしめく山脈のとある洞窟に、時間が巻き戻る泉がある。

シルバークロイツ領にあった転移の地下道と同じく原理不明――俗に言う『魔女の遊び場』だ。

そこの調査に二人で行ったときにいろいろ――本当にいろいろあった結果、若返ったマリアを目の当たりにした。

本人はその姿をあまりよく思っていないようだったが、噂に違わぬ美しさはクリスタの脳裏に強く焼き付いていた。


マリアは長いため息をつきながら、また目頭を指で押さえる。

「筋肉バカと戦闘狂。会っちゃいけない二人が会っちまった」

「私は戦闘狂じゃありませんよ⁉」

グレゴリオと同種の勘違いをするマリアを正すクリスタ。

そんな彼女を、マリアはじろりと睨めつけた。

「あそこまでやっておいて自覚がないのかいアンタは」

「こんな平和的な聖女を指して戦闘狂だなんて、酷いです」

「どこがだい！」

「いっ⁉」

マリアの渾身の杖が三度クリスタの脳天を打ち、瞼の裏で星が瞬いた。

「……そういえば、アンタに隠れてもう一人騒ぎを起こした奴がいたね」

「ベティのことですか？　あの子は――」

「分かってる。アンタと違って十分に酌量の余地がある。形式的な注意だけで済ませるつもりさ」

『アンタと違って』の部分をことさらに強調しながら、マリアは杖の持ち手を撫でた。

クリスタも間接的に子供の救出に関わったのだから、酌量の余地は有り余っているはずなのだが……。

（なんというか、マリアは私にだけ厳しい気がするのよね）

また要らぬお説教を受けそうなので、それはあえて言わないでおいた。

「説教されるとでも思っているのかねぇ。いくら念話紙を使っても出やしない。もし見かけたら早めに教会へ来いと言っておきな」

「わかりました」

ソルベティストはクリスタに次いで怒られる回数が多い聖女だ。

マリアからの呼び出し＝説教という図式が出来上がっていても不思議はない。

「それから。アンタからもユーフェアにもっと下に降りてこいと言っておきな」

ユーフェアは山奥に引きこもっており、降りてくるのは年に一度の王国誕生祭のみだ。

茶会に誘えば降りてくることもあるが、それも半々くらいの確率だ。

いくら予見の力でファンが多いとはいえ、それでは示しがつかない――と、マリアは再三降りてくるよう要請していた。

「あの子は人と話をするのが苦手ですし、過去のことも――」

「そんなことは関係ない」

ぴしゃりとマリアは遮った。

「聖女に選ばれたからには滅私奉公。己を滅し、国の為に全てを捧げなけりゃならないんだよ」

「その考えはもう古いんじゃないですか？」

クリスタはマリアに頭が上がらない。

聖女の大先輩として、畏怖も尊敬もしている。

とはいえ、自分の意見を引っ込めるようなこともしない。

「私たちは聖女である前に一人の人間です」

「そんなことは分かっているさ。けどそれを許容していたら組織ってモンは成り立たなくなる」

「だからと言って規則という縄で縛り続けていれば、いつか綻びが出ます」

「……ほう？」

てっきり殴られるかと思っていたが、マリアは面白そうに片眉を上げるだけだった。

腕を組んでクリスタを見下ろし、無言で続きを促す。

「魔法や国の体制は日進月歩で進化しています。けれど、聖女だけは五十年前と変わらないまま。このままではいずれ形骸化してしまうとは思いませんか？」

マリアは教会上層部とは違い、ある種の矜持《きょうじ》を持って聖女を務めている。

それは一緒に仕事をしていればすぐに分かる。

「アンタは何が言いたいんだい」

「聖女もそろそろ変化が必要なのではないかと」

人々の生活が豊かになるにつれ、聖女の役割は次第に薄くなっている。

ウィルマの屋敷で税金泥棒と揶揄されたように、内地では既に聖女の威光は地に堕ちている。

いずれ『極大結界』の維持が必要なくなるほどに魔物の対策が施されれば、完全に御役御免となる日もそう遠くないだろう。

だからこそ聖女も変わらなければならない。活躍の場を広げ、オルグルント王国にとって無くてはならない存在であり続けるために。

それはマリアも本当は分かっているはずだ。

クリスタの言葉に、しかしマリアは……頑なに首を横に振った。

「……聖女は静かに人々に寄り添う存在だ。あまり目立つようなことをするんじゃないよ」

「……。了解しました」

▼
▼
▼

「やっと終わった……」

資料室の整理を半分終え、クリスタはとぼとぼと帰路についた。

王都で寝泊まりしている場所――魔法研究所へ。

「ただいまー」

私室の扉を開いたクリスタをまず歓迎したのは、妙な臭いだ。魔法の触媒を保管している瓶の蓋のどれかがしっかりと閉まっていなかったようだ。

「シルバークロイツに行くとき、慌てて準備したせいね」

蓋をしっかり閉めてから本棚に並べ直す。瓶の横には帯が上下バラバラに入れられた乱雑な本たちと、資料やメモ書きが竜の鱗のように折り重なった机。長年使いすぎてすっかり柔軟性の失われた椅子がある。

魔法研究所でも一目置かれる研究員の私室とはとても思えないほど乱雑ではあるが、クリスタはこの状態を気に入っていた。

「聖女ボイル」

飲料用に濾過された水路から汲んできた水を沸かし、珈琲《コーヒー》を淹れる。

独特の香りが鼻腔を刺激し、クリスタは知らずに動きが鈍っていた頭が覚醒したことを実感した。

「はぁ。おいし」

天井を向いて、ほぅ、と一息つく。

頭の中に浮かぶのは、先程のマリアとの会話だ。

クリスタは聖女の使命とやらに積極的ではない。教会からも疎まれるような、ろくでなしの聖女だ。

そんな彼女でも、今の聖女を取り巻く状況には危機感を覚えている。

敬虔《けいけん》なマリアが今に疑問を抱かないはずがないのだ。

なのにどうして、マリアは動こうとしないのだろう。

「――」

この部屋にはクリスタ以外誰も居ない。

そのはずだが、部屋に別の気配を感じてクリスタはそちらを振り向いた。

扉が開いてもいないのに、一人の聖女の姿がそこにあった。

ソルベティストだ。

「先輩。こっちにいたんスね」

「ベティ。マリアが捜していたわよ」

「あはは……後でちゃんと怒られに行くッス」

教会を毛嫌いするソルベティストも、マリアには（ほどほどに）従順だ。

彼女だけは他と違うと、ソルベティストも認めているのだろう。

「それより。シルバークロイツ領での続報ッス」

別れ際にジーノの招待を受けていたベティは、子供達を送り届けた後にシルバークロイツへと戻ったらしい。

その際、捕らえたサンバスタの兵士たちからの情報をグレゴリオから聞いた、とのことだ。

取り調べをしているうち『自国の情報を横流ししている者』が浮かび上がってきた。

グレゴリオが僅かに懸念していたことが現実のものとなっていた。

「誰？　そいつは」

ソルベティストは笑みを深め、クリスタに小声で耳打ちした。

「またマリア婆に怒られる覚悟があるなら教えるッス」

▼　▼　▼

サンバスタ兵の隠れ家となっていた屋敷に、一人の男の姿があった。

彼は元・オルグルント王国の国民だった。

現在はサンバスタに移住し、オルグルント王国の情報を渡すことで貴族の地位を得ようと画策していた。

あまり情勢の良くないサンバスタ王国で余所者が貴族になるためには、相当な貢献をしなければならない。

渡せる情報は全て渡し、あとは成果が出るまで待つだけだった。

それだけで、かつて築いた地位を取り戻せるなら、自分を捨てた国なんていくらでも売ってやる。

——そんな彼の願いはあっさりと破綻した。

「なんてことだ」

彼は人のいなくなった屋敷の前で一人、膝をついて崩れ落ちた。

「くそ……なんでだよ、なんで失敗するんだよ！」

シルバークロイツに奇襲を掛けようとしていた一団のリーダーはサンバスタ王国の大将だったは

ずだ。

領内まで安全に潜入できる通路、シルバークロイツ領主を煙に巻く情報攪乱《かくらん》、すべてが上手くいっていたはずなのに。

「僕の夢が……夢がぁあ！」

サンバスタ王国は奴隷が豊富だ。

値は張るが、かつて侍《はべ》らせていた女と同レベル――いや、それ以上に美しい奴隷を従えることだってできた。

今度こそ、今度こそ自分に従順な者だけのハーレムを築き上げるはずが……。

「誰だよちくしょう！　僕のメイド屋敷再建を邪魔しやがって！」

「私よ」

「――!?」

彼しかいないはずの場所に、女の声が響いた。

声のした方を振り返ると、そこには――彼を悪夢のどん底に叩き込んだ女の姿があった。

「あ、あ、あ――」

「久しぶりね。最も、二度と顔を見たくなかったんだけど――」

野暮ったく感じる瓶の厚底のような眼鏡を外す女。

その下に隠れる素顔は――目を見張るほどの美女だ。

彼女の後ろには、道化のような帽子を被った女もいる。

彼女は握った拳を打ち鳴らしながら、彼の名を呼んだ。

「――ウィルマ元伯爵」

「く、くくくっくくく、クリスタぁ!?」

▼▼▼

オルグルント王国の情報を流していたのは、ウィルマだった。

伯爵の地位であれば持ち出せる情報は平民よりも多い。

それを利用し、サンバスタ王国にすり寄ろうとしていたのだ。

「とんだクズ領主が居たものね」

捕まえたサンバスタ兵曰く、オルグルント王国に通じる『魔女の遊び場』は長らく存在だけは認知されていたが、上手な使い方が見つからずに持て余していたそうだ。

かの場所を利用し、シルバークロイツを攻め落とす作戦を立案したのは、他ならぬウィルマだ。

彼は持ちうる情報を全て渡すことで、サンバスタ王国内で公爵の位を用意してもらう約束になっていた。

「な――なんでお前がここに!?」

「それはこっちの台詞よ。国外追放とは聞いていたけれど、まさかサンバスタに魂を売っていたなんて驚きだわ」

シルバークロイツ辺境領を生け贄に公爵の地位と多額の謝礼金を貰い、その金で好みの奴隷を買い漁る――それがウィルマの計画だったようだ。

「ここまでオイタするなんて、どうやら国外追放じゃ温いみたいね？」

指を鳴らしながら、クリスタは宣言する。

「私があなたの行く場所を決めてあげるわ」

「ひいいぃいい!?」

「おっと。逃げるのはなしッスよ？」

腰を抜かしながら逃げようとするウィルマの背後に転移したソルベティストが、彼を羽交い締めにする。

ゆっくりとウィルマに近付いたクリスタは、まず暴れる四肢に手を伸ばした。

「【拘束結界】」

右手、左手、右足、左足。

四肢を空中に縫い止められたウィルマは全力で逃れようと暴れるが、もちろんそんな力で結界はビクともしない。

「あああああ！　助けて！　誰かぁ！」

「騒いでも誰も来ないわよ」

「先輩、そのセリフはなんだかこっちが悪役みたいッス」

クリスタとソルベティストは意地の悪い笑みを浮かべ、唐突にウィルマに尋ねた。

「――そうそう。大陸のすぐ隣に島があるのは知ってる？」

「……へ？」

「答えなさい」

「し、知ってる。魔島だろう？」

オルグルント王国の西を進んだ先にある海岸線。その先には、島がある。

複雑な海流が渦巻いており、船で近付くことはできない。

年中黒いもやがかかっているその島は不気味さも相まって『魔島』と呼ばれている。

「それがどうした」

「今からそこに飛んで行ってもらうわ」

「――は？」

クリスタが腕を振ると、恐ろしいほどの風切り音が鳴った。

ウィルマの顔が、一気に青ざめる。

クリスタが何をしようとしているのか、察したのだ。

「じゃ、向こうで元気にね」

「ちょ、ちょっと！　クリスタ……いえ、聖女クリスタ様！　ご慈悲を……」

「もう十分にやったでしょうが」

セオドーラ領に殴り込みをかけた時、ウィルマの方から謝れば数発殴るだけで済ませた。

国外追放された後は干渉するつもりなんてなかったし、したくもなかった。

それをせざるを得ない状況をつくり上げたのは、他ならぬウィルマだ。

大陸内に居続ける限りオルグルント王国に、翻ってルビィに迷惑をかけ続けると言うのなら。

「大陸の外に出て行ってもらうしかないわよね？」

「やめてぇええええ！　海のど真ん中に落ちたら溺れ死ぬぅぅぅう！」

「安心して。コントロールには自信があるの。必ず島のどこかに上陸させてあげるわ」

何も安心できない笑みを浮かべて親指を立てるクリスタ。

「あああああああああああああああああああ！」

「――さよなら」

泣きじゃくるウィルマを無視して、クリスタは拳を振りかぶった。

「本気聖女パンチ」

拳がぶつかったと同時に拘束結界を外すと、冗談のような高さまでウィルマは吹き飛んだ。

「ああああああああああああ――」

青い空に、ウィルマの悲鳴がこだまする。

「……転移いらずッスね」

ソルベティストは掌で日除けを作りながら、ウィルマが飛んでいった方向を眺めていた。

「これで一件落着ね」

「あとは……」

互いの顔を見合わせ、二人の聖女は頷き合った。

「マリアに謝るだけね」

▼
▼
▼

「お帰りなさいませ、クリスタ様」

ソルベティストの転移でエレオノーラ領に移動すると、メイザが出迎えてくれた。

ワゴンにティータイムセットを揃えており、どこかへ運ぼうとしているところだった。

お湯と茶葉、そして菓子はアップルパイを用意している。

「丁度良かった。ルビィ様がお茶を飲まれるところなのですが、ご一緒にいかがです？　あと、アップルパイの試食もお願いしたいです」

ユーフェアの招待はまだはっきりと時期が確定していないが、いつ来てもいいようにともう練習を始めているらしい。

メイザはこう見えて凝り性なのだ。

「いただくわ」

「ありがたいッス」

「ではこちらへどうぞ」

ルビィの待つ東屋に行くと、彼女は様々な資料を難しそうな顔で眺めていた。

「お姉様、ベティさん。いらしてたんですね」

「お久しぶりッス。なにを読んでいたんですか？」

「私にできることはないかなーと、調べていたんです。その、いろいろ挑戦してみようと思って」

「ほう。何でも経験するのはいいことッス」

ルビィは婚約者探しを中止し、様々な職業に就こうとしていた。


――そもそも私は世間知らずすぎるんです。もっと外の世界を見ないといけません。


あの時の失敗を繰り返さないよう、ルビィなりに考え、努力を重ねている。

婚約者探しはその後だ。

ルビィの決断に、父は反対しなかった。

もちろんクリスタも、ルビィが決めたことは全力で応援するつもりだ。

「どれどれ」

ルビィがにらめっこしていた資料を手に取るクリスタ。

(庭師、家畜の飼育、料理、店番……本当にいろいろやろうとしているのね)

はじめこそ微笑ましいものが並んでいたが――ページをめくるたび、それはどんどんと変化した。

主に、物騒な方向へ。

(発掘士⁉　諜報員⁉　……傭兵⁉)

どれも死と隣り合わせの危険な職業だ。

ルビィがそんな職業に就いてしまったら、クリスタは心労で死んでしまう自信があった。

「ねえ。これ……全部試すつもりなの？」

「まさか。あくまで候補ですよ」

「そう……そうよね」

（絶対に後ろの方を選びませんように……！）

ルビィがもし危険な職業を選んだとしたら。

その時はきっとまた、何を放り出してでも助けに行くだろう。

それがクリスタの、姉としての務めなのだから。

書き下ろし番外編　マリアと謎の泉

「魔物が消滅する泉？」

「調査に出ていた探検家がそう言っていたらしいんだよ」

マリアは自室のソファーに腰を下ろしたまま、呼び出した長身の女を見やった。

目が隠れるほど極厚な眼鏡と、適当に髪を結んだ頭。研究者の証である白衣。

教会でこんな格好の女を見れば、誰もが神への冒涜者だと思うだろう。

しかし彼女は冒涜者ではない。白衣の下には、この王国で五人しか袖を通すことを許されない法衣を着ている。

彼女の名はクリスタ。こんな形をしているが、歴《れっき》とした聖女だ。

……そして、今代の聖女が異端者揃いになってしまった元凶でもある。

「どう思う？」

「……いくつか可能性が考えられます」

聖女でありながら研究者の顔も持つ彼女の頭の中では、『魔物を消滅させる泉』というものが存在しうるかが高速で弾き出されていた。

「一つめは泉の成分が濃硫酸で、身体が溶けてしまった。もう一つは、魔力を吸収する類のものという可能性。魔物は魔力のカタマリ。それを吸われたから消滅した……そういう効果のある『魔女の遊び場』ということも考えられますね」

『魔女の遊び場』

現代の魔法技術の粋を集めても原理不明・再現不可能な現象を起こす場のことをそう呼んでいる。

基本的には無害。時には有害な効果を及ぼすが――中にはこうして役に立つ（かもしれない）場所が見つかることもある。

「それを持ち帰って魔物の除去に利用することはできるかい？」

「そこまでは実物を見てみないと分かりませんね」

歴代最高の魔力値を持つクリスタの参入により、聖女の義務である『極大結界』の維持はかつてないほど安定化した。

参入当時、結界の四割を請負いながらまだ余裕のあるクリスタに、教会はにわかに沸き立った。

彼女を上手く利用すれば、落ちつつある信仰も再び持ち直すことができる――と。

しかし、クリスタは別の意味でとんでもない人物だった。

徹底した無神論者で、目で見たもの・実証できたものしか信じない。

神という偶像を崇める教会とは、根本から反りが合わなかったのだ。

さらに――。

「あの、そろそろいいですか？　私これから帰省する予定でして」

「話はまだ終わっちゃいないよ」

「愛する妹が私の帰りを待っているんです」

口を開けば妹、妹、妹。

クリスタは、とんでもないシスコンだった。

「来週は何の日かご存じないのですか？　ルビィが初めて社交界デビューした記念すべき日なんで

す。それを祝えない姉など姉にあらず！　と言うわけで私は帰ります」

「何が『と言うわけ』なんだい」

きびすを返すクリスタの襟を杖に引っかけ、足を止めさせる。

普段は整然と理論理屈を並べ立てるのに、ひとたび妹が絡むと途端に論理が破綻する。

「これから私とその泉の調査だよ」

「そんな所にまで行っていたらルビィのお祝いに間に合わないじゃないですか！」

「どうどう。まずはこれを見な」

悲鳴を上げるクリスタをなだめ、マリアは地図を彼女の顔の前に持って行った。そこには目的地である泉のおおよその位置が記されている。彼女の言う通り、通常の行程で往復すれば二週間はかかるだろう。

あくまで通常の行程で行けば、だ。

「行きはソルベティストに送ってもらう手筈になっている。印を付けている場所から帰りの日程だけを考えてみな」

「泉から東の辺境領まで二日、そこからエレオノーラ領へは定期の馬車が出ているから……」

「来週だったら十分間に合うだろう？」

「――でしたら、ちゃちゃちゃと行ってぱぱっと調べましょう。ベティはどこですか？」

クリスタは頭の中で移動距離を計算し、間に合うと判断したようだ。先程まで駄々をこねていたのが嘘のように、マリアを急かす。

クリスタは徹頭徹尾、妹を中心に動いているのだ。魔法研究者としてはもちろん、聖女としても優秀であるが故に――マリアはとても、とても残念に感じていた。

（シスコンさえなけりゃ、歴史に語り継がれる聖女になれたものを……）

▼ ▼ ▼

ミセドミル大陸の中央部には、強力な魔物がひしめく巣窟がある。

人間たちは中央部から逃れるよう、大陸の端々に国を建てた。

オルグルント王国は他の国よりも少しだけ中央部に近い位置にある。

にもかかわらず魔物の侵攻をあまり受けていないのは、ひとえに『極大結界』のおかげだ。

「聖女パンチ」

ソルベティストに転移してもらった先で、クリスタ達は魔物から熱烈な歓迎を受けた。

ゆうに三メートルはありそうな熊型の魔物からの抱擁に拳で応えると、熊は木々をなぎ倒して大の字に倒れた。

手を払いつつ――【聖鎧】発動中なので汚れることもないが、なんとなくだ――、クリスタは後ろを振り返る。

「ここですね」

山の麓に亀裂が入ったような切れ目があり、そこから洞窟の入口が顔を見せていた。

「さて。とっとと済ませるよ」

杖をついて進むマリアの足元には、数体の魔物の死体が転がっていた。

クリスタが熊型の魔物を倒している間に、あの数を音もなく始末している。

マリアもクリスタの『拡大解釈』により能力を発現しているとはいえ、速すぎる。

「あの年齢であの動き。どういう身体の構造をしているのかしら」

「あのでっかいクマをぶっ飛ばした先輩が言えることじゃ無いッスよ」

いやいや、と手を横に振りながら、ソルベティスト。彼女は魔物を避けるように木の上に避難していた。

「私は【聖鎧】や【身体強化】や【疲労鈍化】を使っているからできて当然なのよ。けれど、マリアはそういう類を使っていない。明らかにおかしいわ」

「『極大結界』に魔力取られてるのにその三種を併用している方がよっぽどおかしいと思いますけどね……？」

控えめにツッコミを入れるソルベティストだったが、クリスタの耳には届いていなかった。


「それじゃ、私はここで失礼するッス。帰りは申し訳ありませんが徒歩でお願いしますス」

「ありがとうね、ベティ」

ソルベティストを見送ってから、クリスタはマリアが片付けた魔物のうち、手に持てるサイズの死体を拾い上げる。

「それをどうするつもりだい？」

「泉に放り投げて様子を見ます」

泉の傍に魔物がいるとも限らないので、ここで調達しておいた方が手間が省ける。

そう説明すると、マリアは納得したように息を吐いた。

「それにしても、こんな場所があったなんて驚きですね」

「例の探検家が魔物に追われている最中、偶然見つけたらしい」

大陸中央は魔物がひしめく危険地帯。それ故、詳細な地図が存在しない。

探検家が命を削って調べているが、こういった未開の場所はまだ数多く存在していた。

彼ら曰く、この洞窟の中に泉があり、追いかけてきた魔物が足を踏み外してそこに落ち――そのまま消失した、とのこと。

魔物を消滅させる水。

そんなものが実在するとすれば、使い方次第で魔物の討伐がもっと楽になるだろう。

「けれど珍しいですね。教会が私たちを派遣するなんて」

聖女の派遣業務は二つに固定されている。

ひとつは『極大結界』に開けている――開いている、ではなく開けている、だ――穴に赴き、そこで働く傭兵たちを鼓舞すること。

もうひとつは王国が主催するパーティーなどに参加すること。

どちらも聖女の――ひいては教会の権威を知らしめるためだ。

教会は頭が固い。

余計なことをするな。聖女は聖女の仕事だけをしていればいい。と再三言われてきたクリスタからすれば「泉を調べてこい」という命令は少し奇妙に思えた。

「危機感を覚えたんだろ」

「どうして？」

「考えてみな。その水の効果が本当だとして、それが一般に出回ったらどうなるのかを」

「……あー、なるほど」

マリアの言葉に、クリスタはすぐさまピンときた。

魔物を消滅させる水。それは見る者が見れば神の奇跡と呼べるシロモノだ。

そんなものが教会の手を介さずに湧き出ているとすれば。

「聖女の意義が薄くなるからですね」

「その通り」

教会の威光は聖女のおかげで成り立っている。

『極大結界』を管理する聖女を管理しているのだから、我々は偉い――そういう理屈だ。だから彼らは聖女の存在意義が薄くなるようなことを極端に嫌う。

「泉を調査し、教会の役に立ちそうなら独占せよ――それが今回の命令だ」

それで説明は終わりだと言わんばかりにマリアは口を閉じた。

杖をつきながら、足元の悪い洞窟の中をひょいひょいと進んでいく。

……本当に杖が必要なのかと疑いたくなるような軽やかさだ。

「都合の良い時だけ私たちの力をアテにするところ、嫌いです」

クリスタの拡大解釈理論を用いて開花した聖女の能力を、教会上層部は認めていない。

なのに、必要な時だけは頼ってくる。

命令書を見たわけではないが、こんな危険な場所に聖女を二人も派遣するということは、遠回しに『魔物が襲ってきたら能力を使え』と言っているようなものだ。

そういう『ちゃっかりした』ところにクリスタは嫌悪感があった。

ソルベティストだったら、ここで任務を放り投げて帰ってしまっていたかもしれない。

「命令だよ。従いな」

曲がったことが大嫌いなはずのマリアだが、教会には従順だ。

クリスタにはそれが不思議で仕方なかった。

魔力で作り出した光に照らされるマリアの瞳。その奥にある真意は分からない。

(それよりも、ちゃっと行ってちゃっと終わらせましょう。もたもたしていたらルビィの記念日に間に合わないわ)

湧き上がる疑問を捨て置き、クリスタは足早に歩を進めた。

▼
▼
▼

警戒しつつ、とりとめのない会話をぽつりぽつりとしながら進むこと小一時間。

ようやく、目的の場所へと辿り着いた。

「広い……」

これまで人一人通れる程度だった狭い通路から一変し、呟くクリスタの声が反響するほど開けた場所になっている。

そして洞窟の中とは思えないほど明るい。光源は天井にびっしりと張り付いた謎の水晶だ。それが放つ光が揺蕩《たゆた》う水に淡く反射し、空間を照らしている。

「もう光源は必要ないですね」

周囲を照らすために使っていた聖女ライトを消し、泉の傍でしゃがみ込む。

「さて。早速やりますか」

持ってきた死体を、泉に向かって放り投げる。

ぱちゃん、と音を立てて落ちた死体が、みるみるうちに小さくなって消えていく。

ほんの数十秒ほどで、魔物の姿はどこにもいなくなっていた。

底が見えるほど水が澄んでいるので、見逃しているということもない。

「消えたね。やはりここの水は魔物を消滅させるのかい？」

「まだ断定はできません。もう一度」

クリスタは続けて手持ちの魔物を放り投げる。それらはどれもぶくぶくと音を立てて小さくなり、消えていく。

「ほい」

そのうち一匹を、消滅する前に引き上げる。入れる前と後の変化をつぶさに観察し、水にどんな効果が秘められているのかを予測する。

「硫酸とか、そういう化学薬品の類ではないようです」

魔物の身体は確かに小さくなっているが、溶けているというより縮んでいる、といった表現がぴったりと当て嵌まった。

まるで鶏が雛に逆戻りしているようだ。

「魔力的な反応は？」

「ありません」

『魔女の遊び場』は超常的な効果があるものの、魔力反応がないことがほとんどだ。

クリスタはおもむろにしゃがみ込み、袖をめくった。

「待ちな。何をするつもりだい⁉」

「こういうのは自分の手で触れるのが一番です」

もっともらしいことを言ってはいるが、単に時間が惜しいだけだ。ルビィの記念日まで猶予はあるとはいえ、早く終わるに越したことは無い。

マリアの制止を無視して、クリスタは自分の腕を泉の中に入れた。

直前に【聖鎧】を解除することも忘れない。

「馬鹿！　もし危ない水だったら――」

「大丈夫です。怪我はヒールで治せますし、それ以外の何かがあればマリアが何とかしてくれます」

「……アンタってヤツは」

マリアの呆れた顔に気付かず、クリスタは水中に視線を落とす。

かき混ぜるように手を左右に動かしながら、変化をつぶさに観察する。

「粘性なし。水温は少し生ぬるいくらい。これといった反応も特にありません。ただの綺麗な水ですね」

「魔力が吸収されるような感覚は？」

「それもないです」

今のところ、魔物にしか反応していないように見える。

教会が睨んだ通り、魔物を滅する聖水のような効果があるのだろうか。

「もう少し実験したいですね。魔物の死体を取りに戻りましょうか」

水から手を引き上げ、マリアの方を振り返るクリスタ。

その目線に、僅かな違和感を覚える。

「あれ、マリア。身長伸びてません？」

クリスタとマリアにはそれなりに身長差がある。なので立って会話すると見下ろすような形になってしまうのだが――今は目線の高さが同じになっている。

「……私の目が節穴じゃなけりゃ、アンタが縮んでるように見えるよ」

「え？」

言われて、クリスタは自分の手をまじまじと見つめた。

丁度良いサイズに作られたはずの法衣の裾が余り、白衣の裾が地面に付いている。眼鏡の蔓が耳から滑り落ち、慌ててそれを受け止める。

マリアの言う通り――身体が縮んでいる！

「ん……んん？」

「なるほど、そういうことかい」

クリスタの変化を見ながら、マリアは結論を出した。

「これは、時間を巻き戻す泉だ」

▼　▼　▼

触れた者の時間を巻き戻す泉。

そう考えるとクリスタの変化にも、魔物の消滅にも説明がつく。

「魔物の寿命は総じて短い。泉に触れて時間が巻き戻り過ぎた結果、消滅したように見えた、ということですね」

水面に映る自分の顔を眺めるクリスタ。

全体的な造形が少しだけ丸くなり幼さが増しているが、目の鋭さだけは変わっていない。

触れた場所は腕だけ。それもごく短時間だ。

それでも十年ほど若返っていることから予想するに、巻き戻りの効果はかなり強力だ。

大半が生後半年にも満たない魔物が落ちればひとたまりもないのは当然と言えた。

原理を知らない者が見れば、魔物を滅する聖水に見えなくもない。

そんな効果を起こせるはずがない――とか、腕が触れただけで全身若返るなんておかしい――とか、そういった疑問は捨て置く。

『魔女の遊び場』はそういう場所だからだ。

「効果が分かったのはいいんですけど。これ、どうするんですか？」

少しだけ高くなった少女の声で、クリスタが尋ねる。

「こんな危ないモンは使えないね。洞窟そのものを潰して封印させてもらおう」

当初予定していた使い方もできなくはない。ただ、扱いにはかなりの注意が必要になる。まかり間違って子供が浴びてしまった場合、取り返しのつかない事態に陥ってしまう可能性もある。

研究者としてのクリスタ個人はこの泉にとてもとても興味があるものの、危険度を推し量るとマリアの案に同意せざるを得ない。

「その方がいいですね。けど、時間を巻き戻す泉なら教会が喉から手が出るほど欲しがると思いますけど」

教会上層部がこのことを知れば、嬉々として独占しそうなものなのだが。

ふと気になったのでそう尋ねると、マリアの杖が、こつん、とクリスタの頭を叩いた。子供の姿になっているためか、その威力は痛みを感じないレベルにまで落とされている。

「教会の役に立ちそうなら――と言っただろう？　コレは教会の為にならない。だから封印する。何か命令違反をするようなことがあるかい？」

教会からの命令は必ず従うマリアだが、今の教会が永遠のものになることは望んでいない……という意味だろうか。

クリスタは言葉の裏に込められた真意を探るのが得意ではない。人の心の機微に疎いのだ。だから、今の推測が正しいのかどうかも分からない。

「さて、もうこんな所に用は無いね」

マリアはそこで言葉を切った。その背中は、これ以上追及してくるな、と言外に告げているようだった。

「それより、アンタはいつまでそのままなんだい？」

「たぶん、三十分くらいで戻ると思います」

ざっと概算をはじき出し、クリスタはそう告げた。

引き上げた魔物の死体が既に元のサイズに戻っているところから考えると、触れただけだとその程度しか効果が持続しないようだ。

もし飲んだらどうなるのだろう――とか、いろいろと実験したい欲が湧き上がるが、今は時間がない。

（知識欲を満たしても、ルビィの為に活かせないなら意味ないわ）

研究者としてのクリスタが、シスコンとしてのクリスタに打ち負ける瞬間だった。

「……ん？」

ふと、クリスタは頬に風を感じて顔を上げた。

この空間を照らす水晶。その一部が剥がれ、落ちてきていた。

とすん、と地面に到達する水晶。音がほとんど聞こえなかったのは、それが地面に触れる寸前に人の形に変形し、人間で言う足の部分で着地の衝撃を最小限に和《やわ》らげたからだ。

（ゴーレム⁉）

岩や鉱石が人の形を取った魔物――に分類されているが、実のところあまりよく分かっていない。宝物庫に意図的に配置されていたり、他の魔物と違い生態に作為的なものを感じられるためだ。

マリアはまだ気付いていない。後ろを向いていたため、ほんの一瞬、気付くのが遅れている。

「マリア！」

クリスタは咄嗟にマリアを突き飛ばした。彼女の首筋を狙っていたゴーレムの腕が轟音を立てて空を切る。

ゴーレムの強さは、基本的に身体を構成している素材に依存している。

水晶程度、普段のクリスタなら一撃で胴を分断させられる。

「聖女パ――ぐ⁉」

放った拳が空振りし、クリスタはそのまま宙吊りにされた。

身体が縮んでいるせいで普段のリーチが出せない。加えて、込めたはずの聖女の力も発動していない。

（って、そうか。若返っているから……）

クリスタの身体は十歳程度にまで若返っている。聖女の力はおろか、通常の魔法すら使えない頃だ。

ゴーレムはクリスタを掴んだまま、反対の手で握り拳を形作る。

（ちょっとこれはマズいわね）

久しく感じなかった命の危機を覚え、クリスタは生存のために頭を全力で回転させる。

（マトモに当たれば頭が砕かれる。受け止めることは無理。けど、軌道を逸らす程度なら――）

迫り来る水晶の拳に手を添えるように、クリスタは手を伸ばす。

その刹那。

「らしくないミスをしているじゃないか」

泉の中から、人影が躍り出た。

突然の水音にゴーレムの腕が止まる。

驚いて動きが止まったのではない。意思を持たないゴーレムにそんな人間めいた感情表現は存在しない。

動くための力を、失っていたのだ。

「――え」

瞬きよりも短い刹那に、ゴーレムは事切れていた。宝石の結合が解け、バラバラとその場に崩れ落ちる。

支えを失いその場に尻餅をつくクリスタの前に、水の中から現れた人物が立った。

「お前のことだ。どうせ妹のことで頭がいっぱいになって結論を焦ったんだろう？　って、それだといつも通りかい」

水滴をまき散らしながら現れたのは――美女だった。

年の頃は普段のクリスタと同じくらいの、勝ち気な目をした銀髪の女性。肌は陶磁器のように白く、ほんの僅かな動作にすら気品が感じられた。

たおやかに微笑むだけで視界に入った人間すべてを虜にするような、抗いがたい魅力を持った美女だった。

人間の美醜に疎いクリスタですら、突然現れた彼女の美しさに思わず息を呑んだ。

「しかしアタシも耄碌《もうろく》したね。上に張り付いた敵に気付かないとは」

美女は天井の水晶をしばらく睨み付けていたが、ゴーレムの気配が無いと悟ると警戒を解いた。

「えと……誰、ですか？」

「はぁ？　あんたは今まで一緒にいた同僚の顔を忘れたのかい」

同僚。

その単語に、ふとクリスタは周囲を見渡した。

先程、ゴーレムから守るために突き飛ばした同僚の姿が無い。

「……」

クリスタはもう一度、美女を見つめた。上から下まで、じっくりと。

水も滴るいい女、という言葉がこれほど似合う姿もない彼女は、その妖艶な雰囲気にまるで合わない杖を持っていた。

その杖には、強烈な見覚えがあった。

「もしかして…………マリア？」

「それ以外に誰がいるんだい」

「…………………………」

クリスタは、あいた口が塞がらなかった。

▼　▼　▼

かつて、国王が求婚した聖女がいたという。

オルグルント王国においてそれは許されざる行為だった。

政《まつりごと》と神事《しんじ》を明確に分けるため、王族と教会は完全に分離している。婚姻はおろか、妾《めかけ》にすることすらも禁止されていた。

一国の王が掟を破り、教会の象徴である聖女を正妃に娶《めと》ろうとする。

前代未聞の事態に、オルグルント王国は揺れに揺れた。

その国王を魅了した聖女というのが――マリアだという噂は聞いたことがあった。

クリスタは『魔女の遊び場』を通じ、自分の目でそれを目の当たりにした。

「傾国っていう噂は本当だったんですね」

「イヤなことを思い出させてくれないでおくれ」

眉を歪め、嘆息するマリア。吐き捨てるような言葉にすら、ある種の華があった。

先代国王の暴挙も納得できてしまう。

「顔が良くてもいいことなんて一つもない。アンタなら分かるだろ？」

「私に同意を求められても……」

ようやく身体が元に戻ったクリスタは、すぐさま眼鏡をかけ直しながら首を横に振った。

美人過ぎて困ったことになる――などという経験をしたことのない彼女には返事のしようがない質問だ。

「……そのぐるぐるメガネはそのために着けているんじゃないのかい？」

「子供の頃は人避けのために着けてましたけど、今は違いますよ」

すちゃ、と眼鏡の端を持ち上げるクリスタ。意図しているのかいないのか、はめ込まれたレンズが水晶の光を反射して煌《きら》めいた。

「眼鏡をしている方が研究者っぽくてかっこいいって、ルビィが」

「ああ分かった。皆まで言わなくていい」

マリアの白い手がクリスタの口上を押し止める。

姿は若返っているが、悩ましげに首を振る仕草は老婆の時と変わっていない。

唯一、杖だけは手持ち無沙汰になってしまっており、今はそれを剣士のように肩に担いでいる。

「アンタ、妹のため、妹のためって言ってるけど……そのうち妹のためにどこかの領地を潰したりしないだろうね？」

「まさか。そこまではしませんよ」

「……だね。アタシの考えすぎか」

「マリアは心配性ですね。あはははは」

――まさかその予想が的中してしまうとは、この時はまだ誰も知る由はなかった。

あとがき

お久しぶりです、八緒あいらです。

弊作品を手に取っていただき、ありがとうございます。

「ほのぼの姉妹愛ものを書きたいな」

「けどそのままだと芸が無いからちょっとひねりを加えよう」

と考えて手を動かした結果、姉は聖女となり、物理的にめちゃめちゃ強くなりました。なんでや。

弊作品は遡ること数年前、「小説家になろう」とは別のサイトにて投稿しておりました。

個人的にキャラが気に入っていたので「小説家になろう」でも掲載を開始し、望外の評価をいただけました。(「小説家になろう」では削除した作品を含めて七年以上泣かず飛ばすだったので、目が飛び出たことをよく覚えています)

「これだけ読んでもらえるなら、続きを書いてみようかな……」と思い、準備をしているところ、TOブックス様より書籍およびコミカライズ作品として世に出させていただける運びとなりました。

もし読者の皆様の応援がなければ、続きを書くことも、出版のお話もありませんでした。

「読者の声」というのは出版社を動かすほど大きな力を持っていることの証左でしょう。

その力に後押しをしていただき、今も続きを書くことができています。

本当にありがとうございます。


ルビィのためならどんなおしおきにも屈さず相手を分からせるクリスタの活躍、そして他の個性的な聖女たちとの触れ合いを見守っていただけると幸いです。

末筆ながら、弊作品の書籍化・コミカライズにあたり尽力いただいた担当のＫ様、Ｕ様、その他大勢の皆様にこの場を借りて感謝を申し上げます。

@comic

国を守護している聖女ですが、妹が何より大事です

～妹を泣かせる奴は拳で分からせます～

コミカライズ第一話試し読み

漫画：so品

原作：八緒あいら

TOブックス

聖女という存在が
魔力を用いて
結界を張り
魔物から王国を
守護する世界
オルグルント王国
魔法研究所
この論文は素晴らしいが しかし… 訂正してもらわねば なるまい…
クリスタ！ クリスタはおらんか！
おい お前たち クリスタを見なかったか？
さっき妹さんが結婚するとかで慌てて出て行きましたよ
なんだと…

また妹か――!

ふう

数時間前
ガラ ガラ ガラ
研究長絶対怒ってるわよね…出しっぱなしにしてた私の論文見て…
くど くど くど くど
最年少でこの研究所に入所したならもっとこう協調や本来の学びの努力をだな……才能が台なしだ!!
クリスタ…! ほんとにお前はいつもいつもどうしてこんな論文ばかり…!
あ〜〜〜やめやめ! そんなことよりも

ついに！
実家に妹《ルビィ》が帰ってくる!!
そう！
お父様が領主である
エレオノーラ領の
隣地でもあり
セオドーラ領を
治める領主
『ウィルマ・セオドーラ』
と婚約したルビィが帰ってくるのだ
――つまり
嫁入り前の
ルビィと会えるのは
「最後」!!
一大事
寂しいけど…
幸せを考えるならこれでいいのよね…
（でも いやだ）
うう

成長した妹を見送るのも
姉の勤めエエッ…！
エレオノーラ邸
お帰りなさいませ
クリスタ様

ただいま
メイザ
みんな変わりない？
元気してた？
ねぇ
ルビィは？
どこ
どこ？
ルビィちゃ～～ん❤
それが…
ルビィ
さまは…
詳しい話は
中で話しましょ

邸の庭師と不貞行為《ふていこうい》!?

あのルビィが!?

シッ!

ルビィ様に聞こえますよ…!

不貞行為って…えっと うぇ…あ あれよね…? あの可憐《かれん》でお姉ちゃん大好きルビィがががが
ないないないないないないないないない!

また妄想してらっしゃいますわね…

ウィルマ伯爵はルビィ様との婚約を破棄し慰謝料としてエレオノーラ領が所有する山の所有権を要求してきています…

お父様はなんておっしゃってるの？
抗議のための材料を血眼《ちまなこ》になって探しておられましたが何ぶんお相手の領内で起きた出来事泣き寝入りするしかないと
ウィルマ伯爵は最初からこれを狙っていたのではないかと…
…そう
そもそもよ！ この私という世界一大好きお姉ちゃんがありながら結婚はまあ5億歩譲るとしてどこぞの異性なんかにうつつを抜かすなんてあり得ないのよ！ お姉ちゃん大好きすぎていつも私がプレゼントしたハンカチ持ってる時点でそうでしょ！ 使用してはお姉ちゃんのことを想ってるのちがいなくそうっ！ あーどうしよ いい興奮してきた
フンス
容姿端麗《たんれい》 八面玲瓏《はちめんれいろう》 温厚篤実《おんこうとくじつ》 その曇りなき瞳孔《どうこう》に輝きし見えるものはどこまでも限りなき何者にも形容しがたいまこと純潔無垢《じゅんけつむく》そのもの 正直さが不器用とは申しますがルビィ様のそれは清く潔く 胸懐の解かれ方が想いが常に相手を気遣うことを是《ぜ》としてのこと そんなルビィ様が贄《にえ》を貪る穢わしい俗物《ぞくぶつ》にわずかであっても心を許したなどとわたくしには到底思えま
解ってるわね…
さすがですわ…

とにかくまずは
会わないことにはね…
トントン
ルビィ…いる？
入るわよ
しくしく…
——ルビィ
ただいま

クリスタお姉さま!!
いつお帰りになられたんですか！
ついさっきよ
ギュッ
クリスタお姉さま会いたかった…とても…

ほら ルビィ
顔をあげて
お姉ちゃんに
会えたのがそんなに
嬉しかった？

今はゆっくり休んでルビィ
お姉さま……
…さてと
どちらに？
？
ちょっと……ね

大丈夫
安心して
パタン
少し出かけて
くるわ
クリスタ様
あなた様が行かずとも
そのような
ゴミはわたくしが

いいえ
これは私にしか
できないことよ
…と
おっしゃいますと？

さっき言っていたわよね
泣き寝入りする
しかないって
ええ ですから復讐《ふくしゅう》
に向かわれるのです
よね？
それもあるわ
けれど目的は
もうひとつある
そうか……ウィルマ
自身が自白すれば……
そう 証拠があれば越した
ことはないけれど
なかった場合は
首根っこを捕まえて吐かせる
それなら私が適任でしょ
……差し出がましい発言を
お許しください
どうかお気を付けて
ルビィを
よろしくね

セオドーラ領か…
遠いわね…

近道よ！急いでるんだからっ！
魔物!?

よっと
トッ
グルルル…
…んもう
しょうがないわね
まったく
聖女〇〇〇ッ

パンチ!!

ふう…
【疲労鈍化】
パアア
疲労回復の力を疲労する前に使い魔力が続く限り疲労を感じなくする力
効果中 息を切らすことなく何時間も全力疾走ができる
よし これで疲れ知らず！

【聖鎧】も使っておいたほうがよさそうね
【疲労鈍化】【聖鎧】
いずれの技も
聖女の本分である
【守り】と【癒《いや》し】の力
私が少しいじって
変化させているのだ
ヴゥゥン。
【聖鎧】
身体の周辺に極小の結界
を張りつける技
狼《おおかみ》の牙はもちろん
槍すらも通さないほどの
防御力を得られる
タタタタ
!
魔法特有の性質を利用し
原理をわざと『曲解』させて
普通では起こりえない事象を
起こしている 魔法研究家である
私が提唱する理論
『魔法の拡大解釈』である

あれね
何あれ
街より屋敷のほうが
大きいじゃない…
ずいぶんと厳重な
警備ね…
すぐにでも乗り込んで
グシャってやりたいけど
さすがに準備が
必要のようね…
今日1日だけ
お役御免《ごめん》
させてもらうこと
にしましょう

ザザザ
ザザ
ようやく
ついたわね
トントントン
スー

おーーい!!!
おーい！
おーい！
おいいいいいい！
んだよこんな時間に
るっせぇなぁ…
もそもそ
ガチャ
【聖女】
エキドナ
あいたいた！
寝てた？
あー…

だれ？
ガサガサ
これでどう？
スチャッ
あー
クリスタか
じゃっ
ちょっと！
話聞いてよ…！

——でなんだよ 話って 聞くだけ聞いてやる
大したことじゃないの ——っていうか友人が訪ねてきたのに会うなり扉を閉めるの酷くない!?
防衛反応だ お前が来るとだいたいロクなことないからな
心外ね まるで私があなたに酷いことをしてきたみたいじゃない！
してきただろ！ 聖女の力を試す実験とか言って散々無茶させやがって！
無茶ぶり？ はて… どれのことかしらね
自覚なしかよ！
本気でわからないような顔しやがって ったく…
——で？
1日だけ 私のぶんまで『極大結界』の維持を頼みたいの

聖女の仕事とは
魔物を寄せ付けない
防衛装置『極大結界』の維持や
疫病《えきびょう》が蔓延《まんえん》した時の治癒活動
大規模な戦闘時の
補助・鼓舞要員
……などなど
基本的には
それぞれの得意分野を
率先してやっているが
『極大結界』の維持だけは
5人共同で行っている
クリスタたちが住まう
オルグルント王国は
近隣に生息する魔物の数が
多い上に強い
『極大結界』の維持は
聖女の最も重要な仕事なのだ
しかし 聖女も人間
時として普段の力を
出せないこともある
そういう時は別の聖女
に負担をお願いする
大したこと
あるじゃ
ねーか!!!

アタシはお前と
違って魔力オバケじゃ
ないんだぞ！
緊急事態なの
お願い
ーーーー
本当にワケアリ
みてぇだな
なるほどねぇ…
あのルビィが
それはなんというか
…気の毒だったな
続きは コロナEX にてお楽しみ下さい！

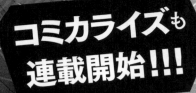

お姉様！
私、魔物討伐に
挑戦します！
不埒者《魔物》は、おしおき《殲滅》よ！
2023年発売予定！

国を守護している聖女ですが、妹が何より大事です
～妹を泣かせる奴は拳で分からせます～

2023年5月1日　第1刷発行

著　者　八緒あいら

発行者　本田武市

発行所　TOブックス
〒150-0002
東京都渋谷区渋谷三丁目1番1号　PMO渋谷Ⅱ　11階
TEL 0120-933-772（営業フリーダイヤル）
FAX 050-3156-0508

印刷・製本　中央精版印刷株式会社

ISBN978-4-86699-826-8